疑惑

疑点

〔日〕松本清张 著

Seichō Matsumoto

陆求实 译

北京联合出版公司

Beijing United Publishing Co.,Ltd.

目录

疑点

- 1 -

十月上旬，北陆[1]秋来早，但距离红叶满开尚有一段时日。从T市可以清楚地看到，界划越中与信浓[2]的立山群峰最高峰的峰顶上，已经零零散散地落了些新雪。T市是县厅[3]所在地。

《北陆日日新闻》社会部的记者秋谷茂一在市立综合医院探望过住院的亲属后，乘电梯从五楼下来。一楼是个宽敞的大厅，设有挂号窗口和发药窗口，兼病人候诊室。大厅里摆放了好多张长椅，前来领药的院外患者挤满了长椅，等候着叫到自己的名字，好上前取药。没叫到名字的，只好盯着长椅旁放置的电视屏幕，以打发无聊的时间。

穿过大厅往门口走去的秋谷，粗粗的黑框眼镜后的目光，在长椅差不多居中位置的候诊人群中的一个满头白发的后脑勺上停住了。长长的脖颈、瘦削的肩膀，非常明显，从背后看，他也能知道，那是律师原山正雄。原山正在低头看书。

秋谷将眼镜往上推了推，将浑圆微胖的身体斜着挤入长椅间的空隙，紧挨着原山瘦削的肩膀坐下来。

律师的脸从书后抬起来，秋谷微笑着，冲这张脸轻轻点头打

---

1 北陆：指日本新潟、富山、石川、福井四县靠日本海一侧工业地域的总称，因地理位置相当于旧时的北陆道，故称北陆。

2 越中：今富山县，旧时属北陆道。信浓：又称信州，今长野县，旧时属东山道。

3 县厅：即县公署、县政府。日本的县为一级地方自治体，相当于中国的省。

了个招呼。秋谷的脸长得圆乎乎的，鼻子的位置明显长低了，所以笑起来显得有些滑稽。

“先生，您是什么地方不舒服吗？”

“嗯，是啊。”原山苦笑着答道，“秋谷君，你也有什么不舒服吗？”

“没有啊，我没有不舒服。”

“就是嘛，你看上去那么壮。”

“我是来看望住院的亲戚的，准备回去呢。这不，正好看到先生的身影……先生，您还要等上一会儿吗？”

“我在等着拿药……有什么事？”

“我想和您说点事。”秋谷压低声音说道，似乎对周围的人心怀戒意。

原山略点了点头，但脸上的表情好像并不怎么感兴趣。秋谷见状，便“唰”地起身，走到最后一排长椅的后面，站在那里，眼睛望向电视屏幕。

发药窗口喊了声原山的名字，原山起身来到窗口前，接过递出来的收费单据，又走到隔壁的收费窗口，付了钱。窗口里面的人在收费单据上敲上章，原山再回到发药窗口，交上收费单据，终于拿到了鼓鼓囊囊的一大袋药。

一直等在后面的秋谷这时快步向原山走过来。

“先生，您是什么地方不大舒服啊？”

“肝脏。慢性的，已经十来年了。”原山皱起眉头说。

“哎哟，这倒是挺麻烦的，一直就没好过吗？”

“毕竟是慢性的嘛，不可能一下子就好转。最近我感觉有点不太舒服，所以就来看了看医生，每隔三天还得过来取一次药。”

脸色暗淡无光的原山，说话腔调里带着一点嗲气。

“真希望快点好起来，还有重要工作等着先生去做哩。”

原山将药袋子和书装入手提包，点着头接口道：“啊啊，是啊。”可是声音却有气无力。

“先生，您的车在什么地方？”

“哦不，这儿离家不远，我走着回去，就当是散步了。医生也建议说，要尽量多走走。”

“那我就陪您走一段吧！反正我要回报社去。”

原山用警惕的目光看着秋谷，什么话也没说。

瘦削的律师和身材微胖的新闻记者并肩走在洒满温煦阳光的街道上。嗯，准确地说，是秋谷偎靠着原山的肩膀。

“先生，鬼塚球磨子的身体情况怎么样？”

秋谷一边让自己的步子与律师的步伐合上拍，一边若无其事拉家常似的问道。

“你问健不健康是吧？鬼塚的身体健康得很啊。”原山满不在乎地回答着。

“那女人长得真高大，身高一米七二，体重六十一公斤，身上很有股子魔力啊……先生在拘留所和她见面的次数，有十多次了吧？”

“差不多吧。”

“鬼塚球磨子还一直那样硬撑着？”

“那个女人嘛，一点都没有软下来过。”

“还是一个劲儿地宣称自己无罪？”

“她那性格就是喜欢说个不停。”

“先生您真的相信鬼塚没有犯罪吗？”

“秋谷君，我可是被告人鬼塚球磨子的辩护律师，假如我不相信被告人无罪，我是不可能站到法庭上去的。”

“可是，在认定犯罪行为的前提下，律师不是还可以替被告人争取酌情量刑吗？”

“被告人现在坚决否认犯罪。所以，作为律师我只能替她做无罪辩护。”

“鬼塚被捕之前，我采访过她。当时警察为了抓到有力证据，故意没逮捕她，让她自由活动了将近一个星期。那时候她神气得很啊，一口咬定跟事件毫无关系。像这样左肩向上抬起，身体挺得笔直，这是那女人的习惯动作。到底是个魅力四射的女人，还是很能唬住人的。她太能说会道了，一旦说起来，根本停不住。她虽然高中的时候就退学了，大概去东京当陪酒小姐的时候还是学了点东西吧，说起话来显得相当有智慧，思路清晰，还知道不少法律术语，那样子真看不出她背地里居然和东京新宿的黑社会有瓜葛。不过，当我提的问题触及事件核心的时候，她突然一下子就光火了，推搡着我的胸口叫道：‘跟你这种家伙没什么好说的，快滚！’这女人毕竟人高马大的，力气好大，一副气势汹汹的样子。想想她背后有新宿黑社会的势力撑着，我心里还真有几分怕呢。”

“你在哪里见到她的？”

“就是在那女人以白河福太郎老婆的身份住进白河福太郎家里的时候。事件发生的三个月前，那女人刚撺掇白河重新改造过，别看是在乡下，弄得时髦得简直叫人吃惊，大门还是电动的。我被她一路推搡到大门外面。”

“那是因为你连篇累牍地在报纸上连续刊登文章，认为鬼塚是出于骗取三亿日元保险金的目的，开车载着她丈夫福太郎，连车带人一起从新港湾码头冲进海里，结果只有她一个人从车里逃生，引导了舆论。”

“不是我引导舆论，因为那就是鬼塚球磨子干的啊。白河福太郎今年五十九岁，父母亲传给他的山林、耕地，加上市内一幢用来出租的楼房，据说总资产大约值两个亿。他妻子十年前就死了，独生儿子在三年前的冬天带着儿媳去谷川岳登山，结果遇难，夫妇两个也死了。福太郎拿这个儿子当宝贝一样，简直就是他的精神支柱，儿子的突然去世令他的情绪非常低落。儿子死后，留下三个孩子。两个上小学四年级，一个上中学一年级，均由福太郎抚养，说是他抚养，其实是雇了两个保姆来替他照顾。所以，他可不是那种可怜兮兮的孤寡穷老头。”

律师在一旁点头，记者接着说道：

“这个福太郎，因为山林生意时不时要往东京跑。大约事件发生的一年前，生意场上的竞争对手请他去新宿的酒吧喝酒，当时在场作陪的就是鬼塚球磨子。平时不化妆的时候看着不怎么样，化上妆之后她可妖艳得不得了，简直像换了个人似的。她个子高挑，浑身充满了魅力。个头矮小、身材瘦削的福太郎对球磨子一下子着了迷也是情理之中的事，何况他独身了整整十年。球磨子也从对方那里得知福太郎是北陆的富豪，起了贪念，于是使出浑身解数讨他欢心。在球磨子面前，这位乡下土豪跟小孩子没什么区别，当天晚上，他就带着球磨子去情人旅馆享艳福了。从那以后，福太郎被球磨子迷得晕头转向，每月要从T市往东京新宿跑两趟，每次去总是和球磨子黏在一起，一待就是三天，这样一来越来越忘不掉她了，他还不知道球磨子和新宿的黑社会有关系呢……”

原山的鞋底在路面发出声响，稳步走着。

“看看时机差不多了，球磨子就向福太郎施加压力，要他和自己结婚，福太郎都没多考虑便答应了。因为他对球磨子已经着了迷，现在对方主动提出结婚，他正求之不得哩。于是，球磨子开始住到T市的白河家里来了，并且同福太郎登记结婚。接下来她马上给福太郎买了一份保险额高达三亿日元的人身保险，那是事件发生的半年前。那一小段时间里，福太郎过得还算幸福。”

原山叹了口气，将手提包从一只手换到另一只手上。秋谷继续往下说：

“可是，福太郎的孙子、上中学一年级的宗治十分讨厌球磨子，他住到了死去的母亲的娘家家里，因为把一个底细不清的女人娶回家，他开始对祖父产生了憎恨。两个妹妹也跟着哥哥一同离开了家。死去的儿媳妇的娘家也非常不满，和福太郎断绝了来往。接下来就发生了去年七月二十一日大雨之夜的那场事故：球磨子开车，福太郎坐在副驾驶座上，结果车子以时速四十千米的速度开上新港湾A号码头堤岸，冲进了海里。这是球磨子有预谋的犯罪。”

律师低头看着脚下缓缓走着，仿佛想确认脚下有什么东西似的。

“可是，球磨子被捕前居然还上了本地的电视报道，在镜头前厚颜无耻地声称车子坠入海中是一场意外事故，还说事故是因为福太郎驾驶不当造成的，自己当时坐在副驾驶座上。车子掉下海时的冲击力震碎了前风挡玻璃，因为自己会游泳，便下意识地从碎掉的前风挡玻璃处钻出车子，游到岸边，但是没有力气再去帮助福太郎脱身，等等。她在电视上一口咬定，福太郎完全不会游泳。鬼塚球磨子说的话，T 市的市民看了电视谁都不相信，警察调查后发现，鬼塚球磨子曾经涉嫌欺诈、恐吓、故意伤害等，一共犯有四项前科，这下这个毒妇的嘴脸才被市民广泛知晓。可是，假如法庭被她的能言善辩蛊惑住，万一判她无罪，你想想会怎么样？市民肯定是不满的。我是为了替市民表达他们的情感，才动笔写下那些东西的。”

秋谷说着，鼻尖上冒出了汗珠。脸膛红润的他总是给人一种浑身充满了活力的感觉，夏天不用说了，就是冬天脸上也常常渗出一层油腻腻的汗来。在《北陆日日新闻》社会部，他是最活跃、最被引以为傲的记者。

“东京的出版社旗下的周刊杂志的记者们跑到我这里来，采写了抓眼球的报道，把鬼塚球磨子说成是‘北陆第一毒妇’。鬼塚球磨子的事情之所以传遍整个日本，都是由你在《北陆日日新闻》上写的连载报道引出来的。”

“一共有三家周刊杂志采访了我，我把我掌握的线索全都说了，他们都兴奋得不得了，还向各有关方面进行了采访，然后才回去的。”

“他们跑到警察那里，仔仔细细地打听了一圈呢。”

“这是采访的惯常做法嘛，就算是周刊杂志也一样。”

“我读了从那之后的周刊报道，从内容上讲，没有什么特别新的材料，就是把你的报道改头换面重新抄一遍而已。你从一开始就进行了仔细的调查，扎入了问题的核心才写的，甚至有些问题如果不是相关搜查人员的话根本就不会想到的。”

“那是，我在搜查人员的家门口蹲守了好些时候呢，一早一晚突袭采访才弄到的第一手材料，搜查本部才不会告诉你呢，除了些不痛不痒的东西。”

“你的报道完全采用了搜查人员关于鬼塚具有犯罪嫌疑的看法。”

“先生认为我是搜查方面的代言人？我可是客观公正地采访，然后一一对证查实，没有囫囵吞枣地接受从搜查人员那里得到的线索，而是自己分析整理过的，基本上都能站得住脚，基于调查结果才写出报道。从现有证据来看，鬼塚球磨子的嫌疑几乎是板上钉钉的。”

“连鬼塚这个姓氏听上去吓人也成了证据之一吧？她是熊本县出生的，名字球磨子取自那里的球磨川。”

“没错。鬼塚球磨子，缩略了读就成了‘鬼球磨’，也就是‘鬼熊'[1]。"

"'鬼熊'这个名字，世人应该还记得吧。"

"鬼熊事件"发生在大正十五年[2]。千叶县香取郡久贺村农民岩渊熊次郎因为遭女人背叛，于是将那女人连同她母亲一并杀死，又赶到山间小屋，一把火点着了木屋，然后闯入屋子砍死了情敌，只身逃走。在逃跑途中又砍伤两名巡逻警察，其中一人不治身亡，熊次郎逃跑到房总山中躲藏起来。千叶县警察局局长在多古警署设置了搜查本部，调动全县警力将房总山团团围住，从八月二十日到九月末，搜了将近四十天仍然没抓获在山中东躲西藏的熊次郎，在外圈包围的警察和进山搜捕的警察全都被折腾得精疲力竭。东京的报纸连篇累牍地跟踪报道，还给熊次郎起了个绰号叫"鬼熊"，"鬼熊"这个名字一下子传遍全国，几乎成了"枭雄"的同义词。最后，来自佐原的一名急功近利的记者暗地里与熊次郎接触上，和他进行了一次长谈，将谈话内容整理成文并以《山中告白》的标题独家刊出，轰动一时。

"这个名字，和为了骗取保险而谋杀亲夫、与鬼畜没什么两样的冷血女人的形象最贴切不过了。"

"这个名字的确让她吃了亏，因为这个名字谁听过都不会忘记的。"

"这只不过是个先入为主的样本似的符号。不管怎么样，法

---

1 "球磨"两字在日本姓名中的读音是"くま"，与"熊"的读音相同。

2 即 1926 年。

官总是会排除一切先入为主的因素，客观冷静地审理案件的。当然，我也一样会站在冷静、科学的立场上为被告人进行辩护。”

“但是先生，话又说回来，鬼塚球磨子和一个孙子孙女都有了的富有的老头结了婚，结婚后马上就给丈夫购买了保险额高达三亿日元的人身保险，接着就发生了车子冲进海里的事故，丈夫溺死在车里，只有球磨子一人得救——这一连串的事情不管搁谁身上，都处于绝对不利的境地，不是吗？”

“正像你说的，这对被告人很不利。可是，刚巧买了一份保险，之后刚巧又发生了交通事故，这种可能性也不是不存在。像这种情况，两者之间并没有必然的因果关系，只能说是一种偶然。”

秋谷记者停下脚步，从侧面端详着原山律师的脸庞。

“先生打算为她做这样的辩护吗？这完全就是鬼塚球磨子被捕前向大众所宣称的嘛，她在电视上就是这样说的。”

“这和被告人怎么说的没有关系，律师只是基于独立的立场，对事件内容进行分析，然后展开辩护。”

两人继续向前走去。

“您的辩护听上去自信满满啊。”

“既然接受了辩护申请，就要尽最大的努力，这是做律师的职业操守。”

“可是，从得失的角度来讲，很遗憾，您接受的这件案子绝对得不偿失，因为没有一个人会同情鬼塚球磨子的，所有人都知道她是一个蛇蝎心肠的毒妇，人人都对她恨之入骨。”

“你是在说这样一个坏女人，为什么我还要替她辩护？事实上，鬼塚在东京先后摊上过欺诈、恐吓、伤害等四件案子，其中的恐吓说是因为她欺诈的受害者向警察告发，结果她记恨在心，从监狱出来后指使新宿的黑社会前去威胁受害者，也就是打击报复。至于伤害嘛，那是因为曾经在球磨子店里工作的一个陪酒女背后讲了她几句坏话，结果被她教训一顿，把脸给弄破了。”

“我知道。警察的调查是，球磨子经营过一家酒吧，后来倒闭了，于是她就在东京做了陪酒女，先后换过好几家酒吧。”

“鬼塚的脾气往往是一点就着，可是她报复心非常强，想报复一个人的话她可以隐忍很长时间，那件恐吓的案子就是，估计在监狱里她就一直在动这个脑筋了。那个说她坏话的，也是事隔三个月以后，她才暗地里和黑社会的人串谋好了实施袭击的。”

秋谷停住脚步，之前劲头十足的态度中忽然出现了一丝忧惧。原山律师瞟了他的侧脸一眼。

“就这样，”原山说，“为这次的案件球磨子闯到我的事务所，要我做她的辩护人。那还是她被捕之前的事了，她好像预感到警察要抓她，认为警察跟她过不去，所以肯定会对她发出逮捕证。她低头鞠躬作揖对我说：‘假如被起诉到法院，希望先生做我的辩护人，拜托先生了！’作为一名辩护律师，我没办法回绝她，当然正像你说的那样，我也知道这是一桩得不偿失的辩护，连我老婆和儿子都反对我接球磨子的案子。我儿子在一家公司工作，他对我说，要是别人知道我老爸替鬼冢球磨子辩护的话，我还怎么有脸见人哪！”

“……”

“我训斥了儿子，说你胡说什么！为人辩护是我的天职，有被告人提出让我替她辩护，我没有任何理由回绝，再说替一个在社会上名声不佳的被告人辩护，还她一个真实的形象，难道不是我这个做律师的义务吗？结果儿子和老婆总算理解了我。”

“是吗……”

“不可理喻的是社会公众。报纸上登出说我担任鬼塚球磨子的辩护人之后，我家里经常接到恐吓电话，什么为什么要替那种杀人犯辩护啦，你和鬼塚这种坏人穿一条裤子啦，等等。还有一个电话更是对我一通侮辱，说什么明明知道鬼塚有犯罪嫌疑且会被判决死刑，你还要替她辩护，就是想借此出一出名！鬼塚这桩案子，因为你和其他报刊大张旗鼓地报道，现在弄得尽人皆知了呢。”

“先生就没想过放弃当鬼塚的辩护人吗？”

“你是想让我退出？”

“我是听其他律师说的，先生前往拘留所和被告会面的时候，鬼塚对先生的态度非常不客气，这和先生刚才说的什么鬼塚低头鞠躬作揖求先生为她辩护完全不一样啊。”

“鬼塚球磨子是个情绪起伏剧烈的女人，和她谈辩护细节的时候，她完全听不进我说的话，因为她坚信自己是无罪的。她让人把《六法全书》[1]等法律书籍送到拘留所里，独自仔细研读呢。

1　六法：日本将《宪法》《刑法》《刑事诉讼法》《民法》《民事诉讼法》及《商法》等六部基本法典合称为“六法”。《六法全书》即汇集了这六部法律于一书的专业法律书籍。

她认为只凭间接证据是无法判定她有罪的，所以只要我说的跟她自己想的不一样，她那脾气就上来了，开始和我顶撞，她就是那样的性格。还有，人每天的情绪是不一样的，有时特别容易受当下的情绪左右，所以经常会口出恶言。”

“有点歇斯底里呢，这女人。可即使这样，先生还是打算继续做她的辩护人吗？”

“我如果退出的话，鬼塚球磨子会怎么样？估计也没有其他人愿意做她的辩护人了吧？哪怕把《六法全书》读得再熟，她独自一人总不可能辩赢的。再说，没有辩护人，法庭也没法开庭啊。”

“就算本地的律师不愿意辩护，不是还可以想办法找东京那边的律师吗？”

原山站住了。他立在原地，眼帘里映入了一幢老旧建筑，那是一家以生产汉方药而闻名的药品生产商所在的公司大楼，旧兮兮的木匾上刻着贴金招牌——仙金丹。以前一小袋一小袋的袋装仙金丹曾作为家庭常备药而全国闻名。越过大楼屋顶，可以看到立山山顶的薄雪。街道上往来的汽车和行人的姿影在原山眼里，就像温煦的秋日下的一幅幅投影。他的眼睛里分明透出这样一种神情。

- 2 -

“秋谷君，请东京的律师辩护，你这是从哪里听说的？”

原山律师一瞬间神情恍惚地看着秋谷问道。

“从一个律师那里。先生，其实我本来想去您的事务所或者府上拜访，跟您确认下这件事情的，可刚才真是凑巧，在医院看到了您的背影，我就顺便和您聊开了。先生，我想问问，东京那位有名的律师冈村谦孝先生接到了鬼塚球磨子的申请，请他担任她的辩护律师，是真的吗？”

秋谷说着从上衣口袋里掏出笔记本。

“既然你已经知道了，我也不多说什么了，我不否认。”

“听说是先生上东京去，亲自向冈村先生提出希望他接手的？”

“冈村君是我大学的后辈，所以……”

“说起冈村谦孝先生，那可是律师界的大人物啊！十四五年前的A案件审理，那明明白白就是件思想犯[1]案子，最终被告人被宣判无罪，完全是得益于作为辩护团一员的冈村先生高超的辩护技巧呢。”

“在辩护中，冈村君一点都不去触及意识形态背景，纯粹从刑事案件的角度进行了辩护。作为刑事案件方面的辩护律师，冈

1　思想犯：日本对普通违反《治安维持法》的犯罪及犯罪者的通称。

村君现在算得上是日本首屈一指的人物了。”

“是呀，所以先生您才把被告人鬼塚辩护人的接力棒交到冈村先生手上，对吧？”

“嗯，所以你刚才才一个劲儿地问我是不是放弃当鬼塚的辩护人了？”原山嘴角露出一丝微笑，摇了摇头，“不是这样，我是邀请冈村君作为共同辩护人，和我一起参与这个案子。”

“共同辩护人？”

这下轮到秋谷停下了脚步，他手上忘了记录，只是目不转睛地盯着原山的面孔。

“先生您一个人的话不行吗？”

“如果有冈村君这样优秀的辩才作为我的共同辩护人，我会更加充满必胜的信心的。”

“如果……”记者问道，“就是说，还没有决定？”说着，脸上露出些许似乎放心下来的神情。

“还没有得到对方的最终允诺。说是等详细阅读和研究了警方的搜查报告、供述书、提交检察官的证人证言报告、立案卷宗、证人资料之后，会前来拘留所与被告人做一次深入的面谈。最后是不是允诺要等这些之后才能决定，不过我猜他很可能会答应的。”

“您这样感觉？”

“我看冈村君是有点动心的，他就是一个富有挑战心的人嘛。”

秋谷的表情又变得担心起来，和蔼而滑稽的笑容不见了，眉间出现了几道竖纹。

“先生是什么时候想起来请冈村先生一起担任共同辩护人的？因为在这之前一点迹象也没有啊，先生一直就是一副独自担任辩护人的架势呢。”

“我开始转变方针，大概是一个月前吧，也就是身体感觉有点不太舒服，开始上医院看医生的时候。”

“这意思是……”

“秋谷君，鬼塚的审理是要上最高法院的，鬼塚本人又是一副坚决不认罪的态度，估计这件案子至少得耗上十几年哪。我今年六十三岁了，医生诊断下来说，肝脏的状况很不乐观，要是转成肝硬化，说不定就得住院治疗了。我的身体能不能撑下来，我实在没有自信，所以我才想着请冈村君担任共同辩护人，万一我病倒了好让他接着打下去。”

“原来是这样啊。”

秋谷用铅笔在笔记本上唰唰地写着，原山则以锐利的目光在旁边注视着。

“我希望这些东西还是不要在报纸上登载，至少在冈村君从东京来这儿和被告人鬼塚会面，做出最终决定之前不要登出来。”

“冈村先生什么时候来？”

“这个还不清楚。现在应该正在研读我复印给他的那些资料吧。”

“冈村先生真的会接受吗？”

秋谷将笔记本放回口袋里，同时颇为关心地再次确认道。

“我是很抱希望的。冈村君要是参加进来的话，鬼塚案的审理对我们来说就会变得极为有利，被告人是很有可能胜诉的，因为现在所有的东西都只不过是些间接证据，完全缺少直接证据，连警察方面的说明都没有。依冈村君的水平，必定会抓住这些漏洞穷追不舍，将警察方面的主张彻底击破的。”

秋谷咽下一口口水，原本红光满面的脸庞变得有些苍白。

“鬼塚球磨子这个案子会不会一审宣告无罪？”秋谷的声音有气无力。

“如果冈村君辩护的话，这样的结果非常值得期待……哦，看你的脸色好像不大高兴？是不是鬼塚球磨子被宣告无罪的话，因你在报纸上连篇累牍地报道过她的所谓犯罪嫌疑，所以会觉得有些尴尬？”

“我是坚信鬼塚有罪才那样写的，地方法院如果判决她无罪，那就随它去好了，反正检察方面一定会马上提起上诉的。只不过，地方法院一旦判决鬼塚无罪的话，广大市民肯定不会善罢甘休的，她明明杀害了自己的丈夫，事实应该非常清楚，怎么可能眼睁睁地看着这个狡猾的罪犯挣脱法网呢？”

“这全都拜你们媒体的先入为主所赐。”

“鬼塚球磨子是累犯，有四项犯罪前科。”

“因为她是个坏女人，所以肯定是她蓄意杀死了丈夫，这种推论完全是感情用事，这根本就是不相干的两码事。”

“我觉得冈村先生还是不接受为鬼塚辩护的好，当然这只是我的个人想法。”

“为什么？”

“您看先生您之前只不过是接受请求，为那个坏女人辩护，结果形象就大受影响。毕竟这和一般的思想犯不一样，我猜想弄不好会有损冈村先生的威名啊。”

“你好像为冈村君考虑得很周到啊，可为什么你就不想看到被告人鬼塚被宣告无罪呢？”

原山盯着秋谷的面孔问道。

“说老实话，心里就是不舒服。”

“是出于个人私怨吗？”

“当然是出于公愤，社会舆论也一样啊。”

“我说的个人私怨也可以换个说法，私人理由。”

“鬼塚球磨子和我之间没有任何个人关系啊。”

“你认定了那件事是鬼塚蓄谋干的，所以写了报道登在报纸上，而且还引用了一些除了警方搜查人员、外人不可能了解到的内幕材料。可鬼塚如果一审被判无罪，就算检方会提出上诉，鬼塚也会被保释，从拘留所出来，这是让你感到害怕的原因吧？”

“……”

“根据以往的事例来看，鬼塚球磨子必定会和黑社会勾结起来进行报复，鬼塚一旦离开拘留所，很可能也会去报复你的，你是不是怕这个？”

“不是的。我可不是对鬼塚球磨子抱有什么个人情感才写的报道，我写报道都是为了伸张正义！”

“鬼塚才不会去区分这两者有什么不同。那个女人的性格，你应该也是知道的。”

“……”

“你是不是害怕她会报复你？”

“新闻记者因为写报道而得罪人的事例多了去了，要是这种事情都一一在意的话，那就没法工作了。”秋谷斗志昂扬地说道，可是他那张原本生气勃勃的脸却比先前显得更加不安。

“我的辩护没什么了不得的，你完全可以不当回事，我相信会判她有罪。可是，冈村君如果担任共同辩护人的话，鬼塚案的判决可就难说了，说不定就会变成无罪判决。你大概是担心事情会变成这样，所以才盼着冈村君最好不要接下这个案子，对吧？”

“没有的事。”

秋谷重复道，声音在嘴巴里咕叽着。

“哎哟，秋谷君，你不是要回报社去吗？这儿的话可是绕道了呀。”

“啊，真的哩，”秋谷朝四下里张望了一下才恍然醒悟，“和先生您说着说着就快走到您府上了。那么，我就在此告别了！”

“失礼失礼。”

“先生，请保重身体！”

“谢谢！”

手上拎着装有医院配的药的手提包，迈着蹒跚的步子，原山律师瘦削的身影一步一步向前移去，秋谷站在原地注视了许久，目送他离去。

回到《北陆日日新闻》社，秋谷立即来到社会部部长的办公桌前，把从原山律师那里听到的向部长做了汇报。

“冈村律师会介入鬼塚这件案子吗？”

部长的眼睛不易察觉地略微发亮。

“原山先生是这么说的，不过是真是假还不清楚。”

“律师界的大红人冈村谦孝如果担任鬼塚球磨子的共同辩护人，一定会吸引眼球，审理也会变得更加有趣。”

“……”

“只不过，冈村律师真的会接吗？”

“关于这一点暂时还不明朗。”

“那就往东京的冈村家里打电话，直接问问他本人怎么样？”

“可是原山先生说过这事还没定下来，嘱咐我要保密的。”

“只要还没写成报道有什么关系？听听冈村自己怎么说，假如基本上眉目已定，再把报道登出去就行了。关键是要听他本人怎么说，然后加以判断嘛。”

“好，我马上给东京打电话。”

秋谷没有返回自己的办公桌，而是蹀步来到另一间屋子，呼叫了交换台，看了下时间，估摸着冈村这个时候应该在事务所，于是直接要求转接事务所。

“您好！这里是冈村律师事务所……”是个年轻女子的声音，大概是秘书。秋谷告诉对方自己是《北陆日日新闻》社会部的记者，姓秋谷。

“我是冈村。”

话筒里传出一个洪亮的声音。

“百忙之中来电叨扰先生，实在不好意思！是这样的，有件事情想跟先生您确认下……”

秋谷先强调了一下“是原山律师私下告诉我的”，随后小心翼翼地问道：“先生会担任被告人鬼塚球磨子的共同辩护人，不知这是不是真的？”

“这事你是从原山先生本人那里听来的吗？”

“是的，原山先生还说要我暂时保密呢，所以特来向您求证一下。”

“嗯……”听到话筒里轻轻咂嘴的声音，像是在自言自语：真是没辙啊。

“这件事情还没有定。”冈村律师冷淡地回答。

“哦，是吗？那大概什么时候能定下来呢？”

“不知道！”

“先生关心鬼塚那件案子吗？”

“怎么说呢……”

“关于搜查的相关材料我想您已经都看过了，请问有什么感想？”

“担任被告人辩护人的事还没有定下来，所以谈不上有什么感想，无可奉告。”

“可是，鬼塚球磨子这个案子，东京方面的周刊杂志也有不少报道，我想先生应该也都有读到……”

“那些东西我不可能一一去读。”

“听说先生是原山先生的同校后辈？”

“是的。”

“因为这层关系，假如原山先生力邀的话，也不介意做共同辩护人——您会不会有这样的考虑？”

秋谷的执着，与其说是为了完成报道，不如说越来越像是出于自身的某种不安。

“总之，目前真的无可奉告！”

冈村好像有点愠怒了，说完这句话就再也不出声了。

冈村谦孝可能不会参与——秋谷这样揣测着，稍稍放下心来。

他将刚才电话中的这番对话马上报告给了社会部部长。

“是吗？看来他不会参与啊！冈村如果作为鬼塚的被告人辩护律师出现在法庭上，那可是重量级的人物啊，一定会让所有看客兴奋不已的。”

部长自言自语地嘀咕道，似乎对这件事情饶有兴味。

只想着版面热闹，可热闹过了怎么收场？秋谷不由得对部长这种凡事不去细想且满不在乎的态度心生反感，于是默不作声地转身走开，抓起风衣，走出了编辑部。

他来到楼下的运输部，从里面开了一辆报社的车子出来，开到新港湾码头大约花了三十分钟。

码头一带自昔时起就分为 F 和 S 两大港区，尤其是 F 港区在江户时代就因是北前船[1]的中继港而闻名，一直到昭和时期的战后依旧繁盛不衰。然而这儿距离市中心相当远，交通不便。另外，

1　北前船：日本江户中期至明治初期，往来于大阪和虾夷领地松前之间的商品贸易船的通称。

为了城市的发展，市里拓宽了J川的入海口，开掘出一大片港湾，建起新的码头，并在河口两岸人工填淤造地，这样一来，装载着木材的苏联货船以及英国的商船、中国的商船、韩国的商船等也都纷纷入港，码头泊位可以同时停靠一艘一万吨级、一艘六千吨级以及两艘三千吨级的货船，其中，苏联船停靠的A号泊位长三百米、水深十四米。码头背后的填埋区共有约三万三千平方米，一半为仓库以及二十一家入驻公司的工厂，另一半则迟迟没有完成建设，现在成了一片荒野，但市里想尽办法招商邀请本地企业入驻，但一直未能如愿。

从东西向的主干道路往北拐入一条宽阔的柏油马路，左右两旁便是这片茫茫荒野。工厂都集中在码头附近，靠近泊位的地方则是一排排狭长的建筑，那些是码头仓库。

柏油马路是供货运卡车行驶的，道路尽头是码头的泊位，向右拐个弯，有一块长三百米、宽五十米的空地，是A号泊位专用的货物编排场，用来临时堆放从货船上卸下的货物，不过此刻却空无一物，只是座空落落的广场。泊位上看不见苏联货船，码头上整齐排列的吊车也静静地矗立在那里。去年七月二十一日晚九点左右，鬼塚的轿车驶到这里时，这儿也是这样一番光景。

沿着连接柏油马路的货物编排场中央的隔离带左侧笔直向前，是与码头呈直角的突堤式泊位。隔着辽阔的日本海，可以看到港湾东面的城市。飞驒山脉伸入北边的大海之处，是新不知[1]。

1　新不知：地名，在日本新潟县西颈城郡青海町，飞驒山脉靠近日本海形成的悬崖险峻的海岸，以海岸秀美著称。

往前算，一年前的七月二十一日夜九点多的时候，自然是看不到眼前的这番光景，那时看到的应该只有远处城市的灯火、港湾对岸码头的灯光、停泊在港湾的小货船上的桅灯以及远处火力发电厂发出的光亮。这边的A号泊位前，只有整齐排列的四台吊车上的小盏红灯、仓库门前昏暗的灯光、稍远处的工厂的稀疏的灯光。整个码头前沿区没有路灯。此外，当天晚上七点左右还下了场雨。根据鬼塚球磨子的陈述，前风挡玻璃由于挂满了下个不停的雨滴，能见度不是很好。据气象站的记录，七月二十一日晚上九点至十点的降水量为四十五毫米。

鬼塚球磨子称，那辆白河福太郎名下所有的旧车的驾驶人是福太郎本人，她当时则坐在副驾驶座上。

此刻秋谷观察了下码头，只见岸边有一道长长的安全防护路堤，高约十厘米，路堤顶宽只有约两厘米。假设车速为时速四十千米的话，越过这道又低又窄、若有若无的路堤根本不在话下。

事实上，地方检察署使用了两辆和白河福太郎的车子新旧程度差不多的车做过试验，相同速度下，两辆试验车全都轻松地冲过岸边的路堤，掉入了海里。

由于时值夏夜，当时又下着雨，没有夜钓者来岸边垂钓，因此没有一个人目睹到一辆轿车冲入大海。

但是，有人虽然没有看见轿车冲入大海，却目睹了那辆轿车沿着通向货船泊位的中央隔离带左侧飞速行驶的瞬间，这个人是本市一家公司的青年职员、二十七岁的藤原好郎，当时他恰好在码头唯一的一个电话亭内打电话。

藤原好郎当晚约八点驾车来到电话亭附近，等女朋友开车前来约会。约好是八点十分，可直到九点之后女朋友仍没有出现，于是他走进电话亭往女朋友的公寓打电话。她还没出门，原来是家里突然来了客人被耽搁了，正准备出门。不过，开车赶到新港湾码头有点远，所以想改在半路上的茶餐厅碰面。藤原正通着电话，就看见一辆轿车从电话亭前经过，朝码头边疾驶而去，他手里捏着话筒情不自禁地盯着轿车看了几眼。

没错，就是这个车型——证人藤原好郎准确地指证了白河福太郎的车子。他还看到，坐在副驾驶座上的是个男人，至于驾驶座上是什么人，因为刚好被这个男人遮挡住，所以没看见，车子一眨眼的工夫就从眼前驶过了。

秋谷站在公用电话亭前。黑漆漆的夜晚，亭子内开着灯，照得亮堂堂的。雨夜的 A 号泊位一片漆黑，孤零零矗立着的电话亭闪耀的灯光，仿佛一团可怖的鬼火，目睹了那幕惨剧——想象着这样一番场景，秋谷不由得打了个寒战。

爬上码头的鬼塚球磨子用公用电话向水上警署报警，称有“轿车落海”。那个时候，藤原好郎应该已经开着自己的车驶往茶餐厅和女朋友约会去了。

当晚十点半左右，背着水肺的水上警署警员潜入海里，在靠近码头岸边的水下十四米深处发现了事故车辆，车顶朝下趴在海底。福太郎的遗体稍稍离开了座位，横卧在翻转过来的顶棚上。潜水警员当场就确认福太郎已经溺死，前风挡玻璃已经粉碎，海水就是从这儿灌入车内的。鬼塚球磨子也是从破碎的前风挡玻璃处钻出车子的。

第二天早上，警署出动吊车将落入海底的车子打捞上来。福太郎的遗体横卧在翻转过来的顶棚上，左脚穿着鞋子，右脚的鞋子则掉落了，在车内的海水中漂浮着。估计是轿车掉进海里的时候，将鞋子震脱落了。鞋子上还有一处凹陷以及轻微的刮擦痕迹，应该同样是冲击造成的。“事故”的后续处理由水上警署转交给了陆上警署。

由于福太郎的遗体不是在座位上，因此到底是鬼塚球磨子所说的是福太郎驾驶的车辆，还是如警方推测的是球磨子驾驶的车辆，两种说法都缺乏有力的证据。然而，警方从车内发现了一把长十五厘米的扳手，掉落在翻转的顶棚上，警察一下子振奋起来，他们估计鬼塚球磨子就是用这把扳手砸碎了前风挡玻璃，然后从车内逃脱的。丰满性感的球磨子，在新宿一带可是出了名的游泳好手。

如果说，球磨子想要溺死福太郎以顺利继承他的遗产和骗取三亿日元的保险金，而冒险冲进海里，自己再从掉落海底的汽车中成功脱身，简直就是极其危险的行为，她自己很有可能一同溺死海底。

鬼塚球磨子离过婚，前夫被她的不良习性和贪得无厌的金钱欲吓坏了。此后，她辗转于银座的酒吧之间，后来转到新宿歌舞伎町的一家酒吧。从那时候起，她和当地黑社会有了联系，她倒跟大姐大似的，颐指气使地对两个年轻的黑社会成员呼来喝去，这两个年轻的黑社会成员是新宿暴力组织“黑驹一家”的成员——河崎三郎和野岛秀夫。

七月二十一日，在鬼塚球磨子的建议下，白河福太郎和她一早开着车去新潟县的弥彦神社兜风游玩。

根据鬼塚球磨子的陈述，二十一日早上八点钟从T市出发，以时速五十千米的速度，三小时行驶了一百五十千米，到达新潟县鲸波时是十一点。鲸波既是风景名胜地，也是个海滨浴场，在那里吃过午餐，球磨子在海边游了一会儿泳，一共待了大约两小时。下午一点继续上路，至弥彦神社有五十千米路程，一个半小时抵达，到达时间是两点半，之后参拜及游览神社花了一个半小时。

返程是下午四点从弥彦神社出发，两小时行驶了八十千米到达的直江津，在免下车的汽车餐厅吃的晚餐。七点重新上路，从这儿到T市还有一百一十八千米的路程，这时下起了雨。开了一个多小时，来到鱼津，在服务区休息了一会儿，喝了点冷饮，接着又行驶了半小时进入T市，大约二十分钟后到达新港湾码头。

去的时候是球磨子开的车，返程则是福太郎驾驶。球磨子年轻时曾在加油站打工过，也是那时候她考了驾驶执照。至于为什么会在晚上九点多钟驾车到新港湾码头，球磨子说是福太郎想看码头的夜景。然而，福太郎似乎是太累了。

为什么返程途中福太郎和球磨子不替换着驾驶呢？按球磨子的说法，从直江津服务区出来时，她在路旁的自动售货机上买了两罐啤酒，全都喝了下去，稍微有点迷糊，所以就没有替换开车。空罐子丢在途中道路旁边了。

一把年纪的福太郎长途驾驶显然力不从心，加上前风挡玻璃上雨水淌个不停，车窗内侧凝起了水雾，影响视线，福太郎几次让球磨子帮着擦拭水雾，但估计最终还是视距出了偏差，车子以四十千米的时速越过码头边的路堤直接冲进了大海。

警方不相信球磨子说的话。他们断定是球磨子开的车，而白河福太郎当时坐在副驾驶座上，那把从车内发现的扳手，就是球磨子预备在车子翻落进海里后，从车内砸碎风挡玻璃然后脱逃出来使用的物证。说到物证，这把扳手是唯一的证据。

没想到的是，之后地方检察署使用两辆与福太郎的车子新旧程度相仿的车进行试验，以时速四十千米的速度从码头上冲入海中时发现，两辆车子都在水下约三米处因为巨大的水压前风挡玻璃自然而然地破碎了，完全没有使用扳手砸碎玻璃的必要。这样一来，唯一的物证也化作了泡影。

二十二日早上，事故车辆被从海底打捞上来，球磨子也来到现场参与勘查，当看到福太郎变形的遗体时，她忍不住扑到遗体上大声痛哭起来。但她的举止总让人觉得有点夸张，无论是警方还是检方都认为她是在演戏。

在勘查现场，球磨子发现驾驶座与方向盘之间的间隙很狭小，于是抓住这一点，认为这可以证明事故发生之前是福太郎驾驶的车子。因为身材瘦削的福太郎坐进这狭小的间隙没一点问题，而丰满高大的球磨子根本挤不进去。

检方顿时相顾失色。驾驶座原本是根据驾驶者的身体，通过椅子一侧的座位调节杆进行调节，实现前后自如移动的。不过，从试验结果得知，当车辆翻落进大海时，由于瞬间的冲击力，调节杆会发生松动，导致驾驶座自动滑向方向盘。这一结果，使得球磨子的主张说服力大减。

检方断定车辆冲进大海是球磨子蓄谋所为的一个重要理由，便是在福太郎身上投保有赔偿金高达三亿日元的人身保险这一事实。

但球磨子解释，投保纯属偶然，与这次事故毫无关系，何况现在交通事故频发，买一份价值三亿日元的人身保险是顺理成章的事，然而检方却不这样认为。检方推断，鬼塚球磨子是为了获得三亿日元的赔偿金才有预谋地与福太郎结为夫妇的，白河福太郎的遗产——两亿日元中有一半归其孙儿们，另一半归妻子继承。福太郎虽然没有留下遗嘱，但依据民法最终只能是这样分配。除此之外，作为妻子球磨子还将获得三亿日元的人身保险赔偿。球磨子正是按照这样的预谋，驾驶车辆从新港湾码头的 A 号泊位冲进大海，然后独自一人从车内成功脱逃的。

T 市的市民都认同检方的这一推断。

- 4 -

秋谷从报社回到家，是在他和原山律师会面，然后又从报社给身在东京的冈村律师通电话那天的傍晚。

他从书架上取下《北陆日日新闻》的剪报集，这些都是事件发生后他所撰写的报道。

今天，与原山律师的会面触动了他，于是他拿出来想重新翻读一遍。

《撕下女“鬼熊”的假面具：三亿日元保险金杀人事件——用记者的笔告发北陆第一毒妇》，版面上系列报道的总标题以夸张刺激的字眼跃动着。

有关三亿日元保险金杀人事件，随着T市地方检察署对嫌疑人鬼塚球磨子（现年34岁）以杀人罪提起公诉，终于迎来即将公开审理的新阶段。鬼塚球磨子对起诉内容始终全盘否认，而检方又缺乏关键性的物证，这使得地方检察署难掩心中的焦虑。即将于下月开始的审理结果难测，但从现有的种种间接证据来看，市民社会的健全良知是绝不会容许这个“女‘鬼熊’”逍遥法外的。借起诉这个契机，特根据本报记者自事件发生以来耗时两个月全力追踪搜查第一线，并横跨东京、熊本，实地探访鬼塚嫌疑人的足迹，通过独家采访而得到的大量第一手材料，为读者刻画出这个世所罕见的职业罪犯的真面目。

紧接在这段前言的后面，署着“社会部 记者秋谷茂一”的名字。

鬼塚球磨子出生于熊本县天草一个小商贩家庭，是一男六女中的第五个女孩。因忙于生意加上孩子众多，父母根本顾不上照顾她，给她起“球磨子”这个名字、洗涮尿布、喂食断乳食物的，全是上面的哥哥姐姐。

当她还不满两岁的时候，作为养女被送到了同县的K町一户人家。在K町经营一家制铁工厂的远房亲戚鬼塚夫妇苦于没有孩子，便诚心诚意提出想认她为养女，“绝不会委屈她半点的”，球磨子的生身父母便很爽快地同意了。

因为只有她这一个孩子，球磨子在鬼塚家穿的是精美的衣服，还有享用不尽的美食，随心所欲、自由自在地长大。进入当地初中的时候，她已经出落得身材高挑、眉清目秀，浑身透着富贵华丽的气息，在学生中显得非常醒目。这份惹人注目的标致到了高中后更是如玉软花柔、含苞待放。

“学校里明令不准化妆，可是她的书包里一直装着化妆品，还经常化着妆到学校。还听说她和邻町高中的男生谈恋爱，事实上，关于女孩生理方面的事她懂得特别多，还瞧不起我们，认为我们都是小孩子。”当时与她同班的一名主妇这样说。大概是被这样的传言闹得心烦了，球磨子高中时突然就退学了。据她本人向班上同学解释，是因为要上东京当空乘员，可实际上她却是寄人篱下地去了位于博多的大姐夫的妹妹经营的一家酒吧。

在那里，客人们也弄不清她究竟是来串门的亲戚家的孩子还是新来的陪酒女，反正她每天都出现在店里。渐渐地，越来越多的客人开始试图接近这个丰满性感的女孩，其中有个继承了博多一家家传餐馆的公子哥M先生很快就和她打得火热。“她呀，眼看要掉进去了却总能巧妙地抽身，好像生来就有这种天分似的，那个M少爷根本不是她的对手。”这是她的昔日同僚、一名陪酒女的原话。最后，她似乎被不顾双亲的强烈反对、离家出走找到她的M先生感动，两人结了婚。一开始，两人就像私奔一样，借住在一处两居室的公寓里，后来M先生的父母似乎默认了他们的婚姻，于是在市内给他们买了一幢独立小楼，见过两人在博多醒目的主街上购物的人，都觉得这仿佛是个画中的幸福之家。

然而，球磨子的本性终于还是出其不意地暴露了。结婚第三年的某一天，球磨子在博多市内的马路上偶然和以前做陪酒女时的客人、职业演出经纪人丰崎胜雄不期而遇。两天后，球磨子主动登门造访了丰崎的事务所，据说当天两人发生了关系。

自第二天起，鬼塚球磨子就仿佛换了个人似的，性情大变。她事先一声招呼未打就离家，和丰崎一起驾车出门旅游去了，从关门海峡渡海东上，先后游玩了德山、广岛、仓敷、姬路等地，然后掉转方向朝日本海方向驶去，经城崎、小浜、敦贺，接下来沿着琵琶湖绕湖一路南下，经比睿山折入京都并在京都逗留了好几天，再途经奈良周游了纪伊半岛一圈，乘汽车轮渡到达四国岛，继续从德岛、高知到蹉跎海角一路游玩过去，再乘汽车轮渡从八幡浜至别府……整整游玩了二十二天才回到家里。丈夫M先生在质问她的时候从她手提包里发现了丰崎家的钥匙，于是两人爆发了激烈的争执，从那以后，球磨子和M先生就争吵不断。

此后不久，M先生尾随球磨子至丰崎家，抓到了二人幽会，以此为契机，两人正式分居。然而球磨子非但没有觉得心虚，反而认为丈夫的财产理应有一半属于妻子，因此向M先生提出“我想离婚，但房子归我”，M先生自然一口回绝：“既没想过离婚，也不可能把房子给你。”

于是球磨子找到丰崎商议，由丰崎将M先生约出来谈判，以之前尾随至丰崎家一事进行要挟：“你这是私闯民宅，我要告你，还要请报纸报道，让你的餐馆经营不下去！”接着又劝诱道：“你太太说了，只要你答应把房产的所有人变更到她名下，她就回家和你一起好好过日子，你就变更一下不就好了嘛。”心地善良的M先生居然信以为真，结果硬生生被骗走了不动产权利证书和个人私章。

孰料，不要说球磨子回家了，两人竟以房子已由球磨子卖给了丰崎为由，丰崎凶神恶煞般地再次出现在M先生面前，凶巴巴地发出最后通牒：“这房子是我从球磨子手中买下的，房款已经付了，所以限你于×月×日之前搬走、交房！如果你想再买回去的话，务必在期限日之前提出。”同时还向法院提交了临时冻结房产，禁止私自处分的申请。

就在大吃一惊的M先生向法院提出异议的当口，丰崎带着手下几个黑社会成员赶到，将申请表格举在头顶，气势汹汹地威胁道："这上面写的'情夫'是怎么回事？你有证据吗？！有照片吗？！我要告你诽谤，侵害我名誉！什么事情都要讲证据的，没有证据一切都没什么好说的！假使你在深山老林里被砍得七零八落的，然后埋在地里，你要是没有证据也不能上法院打官司的，懂不懂！"至此，M先生也只得忍气吞声，自认倒霉。

球磨子称心如意地与M先生离了婚，随后将到手的房屋卖出，和丰崎胜雄一起远走高飞，离开九州跑到东京，在银座开起了酒吧。

秋谷茂一读完第一篇，就接着读连载的第二篇。

屡次三番的犯罪前科 世所罕见的职业罪犯

为追踪"女'鬼熊'"的足迹，记者前往东京，而呈现在记者面前的，是一个桩桩件件恶行不断、屡有犯罪前科的球磨子。令人震惊的是，她有过故意伤害罪的前科。

精神抖擞来到银座的鬼塚球磨子，没过多久便遭遇挫折。银座这地方对于金钱的意识完全不是我们庶民能够想象得到的。即以银座一带酒吧的平均价格来说，店铺的装修费用每坪[1]约两百万日元，球磨子盘下的那家店铺共三十五坪，仅此一项大约就得七千万日元。其他的，入住保证金一百五十万日元，雇陪酒姑

---

1 坪：日本度量衡制的面积单位，用于丈量房屋和宅地的面积，1坪约等于3.306平方米。

娘还得准备一大笔预支款。球磨子卖房所得的一亿多巨款，随着她的酒吧开张登时没了踪影。接下来可就全看经营手腕了，可惜在银座每月有数百家新的酒吧、夜总会冒出来，同时有几乎同样数量的酒吧、夜总会关张倒闭，竞争极为激烈残酷，所以，并不是轻轻松松就能抢到顾客的。

球磨子不由得着急起来。为了有大把的票子好将生意兴隆的别的店里的店长、陪酒女郎挖过来，以图让自己的店起死回生，她的手伸向了高利贷。报应很快就来了。球磨子一个劲儿地唆使陪酒女们和客人发生关系，好抓住把柄迫使客人多掏钱，"这不等于是恐吓吗？"结果，先是一个客人离去，接着两个客人离去，渐渐地，酒吧的人气便一落千丈。她还尝试搞过会员制，先以色相诱，接近企业的负责人，然后拉拢其成为酒吧的法人会员，每年收取高达一百万甚至一百五十万日元的会员费，但这些都远远抵不上越滚越庞大的高利贷。

鬼塚球磨子开始在商店买洋服、首饰等不付钱。被害的银座某著名高级服饰店表示，店里通过邮寄文件证明[1]的方式要求她支付所欠的货款，结果球磨子用回执单证明回复道："从未购买过。"

最后连情夫丰崎胜雄对其也不再抱有希望，离她而去。从那时开始，球磨子对店里陪酒女的态度变得坏透了，又是催逼着还钱，又是找碴儿扣薪水，到最后，因为不想被私下讥为无能而动

1　邮寄文件证明：日本一种邮政服务，由国家总务省根据副本对所邮寄文件的内容进行公证，一般用于商务。

不动就对陪酒女大打出手。

× 年 × 月，鬼塚球磨子因实在一筹莫展，竟向 S 银行银座支行开具空头支票而被终止往来，也正是这一天的夜里，发生了那件蓄意伤害案件。球磨子店里有个叫 I 小姐的陪酒女，之前担任副店长，她一直就与球磨子面和心不和，背地里满银座散布球磨子的坏话，甚至球磨子怀疑她是店里陪酒女郎大量跳槽出走的主谋，陷入半疯狂状态的球磨子深夜带着店里的黑社会保镖闯至 I 小姐住的公寓，对其施以拳打脚踢的暴行不说，球磨子还亲自点燃打火机燎烫了 I 小姐的脸蛋，行为极其残忍，但她也为此付出了被判刑三年的代价，在 M 监狱服刑。

鬼塚球磨子这个女人，只要牵涉到金钱，就会竭尽其所有的聪明才智，甚至有时不惜采用残忍手段，实施暴力犯罪，恶行不断，并且毫无悔改之意。

后来鬼塚球磨子转到了新宿，并在那里认识了 T 市的白河福太郎，福太郎先生落入她圈套的经过一如本报之前所报道的那样。

事实上，球磨子在结婚后的一个月之内，先后走访了十一家保险公司，仔细研究了投保条件，选择了一旦发生灾害可以获得高倍率赔偿的险种，并谎称自己已经买了其他保险。为了减轻缴费负担，还尽量延长投保期限，最后同五家保险公司签订了总共赔偿金高达三亿日元的人身保险合同。

大概是为了“节省”下每月十七万日元的保费，投保仅仅半年，鬼塚球磨子便开始了计划的实施。

下面还有两个年幼的妹妹，失去了唯一的监护人——祖父白河福太郎的宗治君自言自语说："可恨！她太可恨了！判她死刑也不解气！"对这个少年的心声，T市的市民又有谁能够充耳不闻呢？

犯了罪关进监狱，走出监狱又再次犯罪——对于凶暴、冷血、奸诈的"北陆第一毒妇"，我们可以容忍吗？我们现在经受着严峻的自我拷问：一个健康的市民社会究竟还能不能守护住社会的正义与和平？

重新翻读自己写的文章，秋谷的心情不由得阴沉下来。虽说是为了激起读者的关注而写的报道，但现在读来连自己都觉得十分夸张和浮艳。通过暴露鬼塚球磨子的犯罪前科，着力煽动"是可忍孰不可忍"的义愤之情，将其彻底置于死地。从报道的语气来看，鬼塚球磨子完全就是"夜岚"阿绢和高桥阿传[1]的合体，是个世所罕见的淫妇、毒妇。尽管案子仍在审理中，但报纸报道中早已判定她是杀死亲夫的杀人犯了。

万一鬼塚球磨子被判无罪，接下来事情会怎么样？毫无疑问，她一定会发起诉讼告秋谷诽谤、损害名誉，不，恐怕不只是诉讼那样简单，按她的异常性格还很有可能采取报复手段。嗯，一定

---

1 阿绢：根据真实事件改编加工而成的讲谈（日本一种大众说唱艺术形式）作品中的人物。艺伎出身的高利贷主之妾阿绢与人通奸，下药毒杀丈夫而被处死。传说她被处死前吟诵了一首"夜岚"起头的绝命歌，因而被称作"夜岚"阿绢。高桥阿传：日本明治初期有名的毒妇，高桥家的养女，因丈夫患麻风病，于是将其毒杀，又杀害服装店老板并劫掠财物，后被处死。

会的。

秋谷双手抱住脑袋。他脑海里浮现出球磨子带着东京的黑社会成员闯入自己家施暴的场景，吓得他浑身发颤。

- 5 -

冈村谦孝律师从东京赶来T市，这是在新闻记者秋谷茂一与原山正雄律师从医院返回的路途中谈起这事之后一个星期的事。

冈村来T市一事，两位律师都对外秘而不宣，不承想被拘留所方面泄露给了报社，因为原山律师事先向拘留所提交了当天下午两点冈村律师与鬼塚球磨子会面的申请。

冈村谦孝没有直接到达T市机场，飞机降落在了邻县的机场，大概是为了避开新闻记者的耳目吧。然而各家报社都得到了拘留所方面的消息，再一查羽田机场的登机乘客名单，这一招马上就失效了。T市除了《北陆日日新闻》外，另有两家当地报社，以及三家全国性报纸的地方分社。

客机上午十点半飞抵K机场。在这四十分钟之前，前来迎接的原山律师出现在了一楼的大厅里，记者们首先将他围住并开始发问。

“先生，冈村先生会接受担任被告人鬼塚球磨子的共同辩护人吗？”

“暂时尚不清楚。”

由于身体状况欠佳，原山的脸色稍显疲惫，说话声音也很轻。

“可是，冈村先生是因为已经和您商定好了，所以才来和被告人鬼塚会面的对吧？”

“我是向冈村君提出过希望他担任共同辩护人，可是还没有得到他的明确答复。”

“但冈村先生能够来和被告人鬼塚会面，说明他还是有接受邀请担任共同辩护人意向的对不对？”

“也许是吧，但只要没有从冈村君口中明白无误地说出这句话来，那就什么都难说啊。”

“先生为什么会请冈村先生担任共同辩护人呢？”

“两个律师总比一个律师心里来得更踏实嘛。加上我目前肝的情况不太好，正在看病治疗。”

“冈村先生如果担任共同辩护人的话，是不是整个审理会对被告人更加有利？”

“我想当然会非常有利。冈村君是一名非常优秀的律师，以擅长刑事案件而闻名，各位此刻不请自来地赶到K机场，不就是因为冈村君要来嘛。”

记者们哄地笑了。

“先生，关于被告人鬼塚的案件检方现在所掌握的都是些间接证据而没有直接证据，嫌疑人本人也是零口供。冈村先生是不是会抓住这一点，强调光有间接证据无法定罪？”

“这个问题请你直接向冈村君提问。”

“可是，先生和他不是共同辩护人吗？”

“还没决定下来说一定就是共同辩护人啊。”

“包括T市市民在内，凡是关注这件案子的全国民众，假如冈村先生出马担任共同辩护人，将会更加关注了。之前冈村先生辩护过的几件案子，庭外往往会有好多主张被告人无罪的支持者，目的就想声援被告人，争取胜诉。但这次却不一样，即使鬼塚球磨子赢了，被判无罪，也不会有人感到高兴。不光如此，假使判无罪的话，人们会认为这样一个谋杀亲夫的犯人，凭借法庭战术居然成功地逃脱了法律的制裁，一定会激起众人的义愤，原本应该站在正义一边、站在弱者一边的律师，由于职业关系竟站到了坏人一边。单凭这一点，就和冈村先生之前辩护过的案子大不相同，冈村先生本人究竟是怎么考虑的？”

《北陆日日新闻》的秋谷挤上前去问原山，他自己也没想到，这竟成为代表所有记者一同提问的目光。

“被告人鬼塚究竟是不是杀人犯，在一审之前谁也无法断言。”原山向秋谷投去一道疲惫的视线。

“可是，鬼塚球磨子与白河福太郎结婚半年便发生了轿车冲进大海的事故，导致福太郎溺死在车内。而且就在结婚后第二个月，她就为福太郎投保了高达三亿日元的人身保险。换句话说，只要福太郎死亡，他遗产的一半大约一亿日元就归妻子了，加上三亿日元的保险赔偿金，总共可以获得四亿日元。球磨子驾车从新港湾码头岸边直接冲入海中，她自己从翻落海底的车中逃脱出来。——我想大家都已经知道，检方就是这么认为的。”

“没错，这是检方的推断。”

“鬼塚球磨子是个不好惹的女人，曾经犯下过欺诈、恐吓、人身伤害等四项罪行。之前和她一起犯有恐吓罪的共犯、新宿黑社会组织‘黑驹一家’的成员河崎三郎和野岛秀夫有过证词，据他们说，鬼塚球磨子曾告诉他们，这次要像模像样地干件大事，狠狠地赚一票，然后就跑来T市了。河崎和野岛两人知道球磨子在拼命设法接近不时从T市跑到新宿酒吧去的福太郎，他们说她就是瞄准了福太郎的家产。”

“这只是检方提出的证人所做的证词。”

“不过，还有木下保先生提供的有力证词。木下先生在市内经营一家建筑工程公司，是白河福太郎的好朋友，据他证实，与球磨子结婚四个月的时候，福太郎曾经亲口对他说：‘和球磨子结婚是犯了个大错啊！那个女人，脾气很坏，简直歇斯底里，又贪婪得要命。不光如此，她背地里好像还和以前在新宿搭识的黑社会有往来。’当时他的样子看起来非常苦恼。木下先生给他忠告说：‘既然这样，干吗不跟她离呢，大不了给她一大笔补偿好了。’福太郎回答说：‘那个女人啊，三千万、五千万的补偿根本想都别想，少于一亿日元她绝不会答应的，可我拿不出那么多钱啊。不过，过些时候一旦想出办法来我就跟她离婚，肯定会离的，为了不在自己身边的孙儿们也得和她离。只不过，我要是和她离婚还真得做好心理准备呢，说不定会被她杀了！’木下先生是这样证明的。”

“这同样是检方的证人所说的。”

“根据木下先生的证词，检方推断出的结论大家都知道了，其实就是这么回事。球磨子感觉到了福太郎向木下先生吐露过的担心，这个女人的嗅觉十分敏锐，她知道再这样犹豫不决是不行的，于是就实施了犯罪。诱使福太郎开车去弥彦神社游玩的是球磨子，对于擅长游泳的她来说，途中在鲸波的海水浴，类似热身活动，检方认为就是为了从翻落在海底的车内逃脱出来而提前做准备……”

“说到底还是检方的推理。”

“就算用常人的思维来想也是明摆着的，怎么说，一年前球磨子只有三十四岁，正是一个女人最好的年华，和福太郎相差二十五岁，虽然两人结了婚，但福太郎能活到七十岁还是八十岁谁都不知道，球磨子不可能耐着性子苦苦熬着，银座和新宿那种肮脏丑恶的诱惑已经浸透了她整个人，她在北陆这种荒僻乡野半年都撑不下去……正是在这样的时刻，像刚才讲到的，她敏锐地感觉到福太郎的担心，球磨子认为再也不能等下去了，终于下决心实施她的计划，并且伪装成福太郎事故致死的样子。检方这样的推定，市民们也都十分赞同啊。”

“不不，这个……”

恰在此时，万里无云的秋日晴空响起一阵轰鸣，飞机到了。于是记者们纷纷涌向旅客到达口，只剩下原山一人站在原地。

通过图片报道早已被大众熟知的冈村谦孝的那张四方脸夹在乘客中间出现在了二楼大厅里。迎候的原山走上前和他握手。冈村不光脸盘长得四四方方，身材也像只旅行箱一样，方正结实。

记者们立即将冈村团团围住。面对这意想不到的夸张场面，冈村不由得吃了一惊，耳畔不停响起照相机的“咔嚓咔嚓”声。

“冈村先生！”

一名记者扯高了嗓门发问道。

“听说您将担任被告人鬼塚的共同辩护人，有什么感想？”

“原山先生是向我提出过，不过是否担任共同辩护人还不确定。”冈村答道，样子似乎有些怏怏不乐，不过声音还是很脆亮。

“可是，您不是大老远的特意跑来和被告人鬼塚会面的吗？”

“权作参考吧。我想直接听听被告人的陈述，然后仔细考虑后再做最后决定。”

“看来您非常慎重啊。不过您认为这个案子的审理有难度吗？”

冈村微笑着摆了摆手，同时略略颔首，像是在示意抱歉，随后便用空出来的一只手推着原山的后背快步朝出口走去，并没有秘书模样的人跟随在后。冈村这副体力劳动者般的体格，与原山瘦削的身材并肩走在一起，实在是个绝妙的对比。

“先生！”“先生！”记者们一直追到排着等候出租车队伍的出口，但冈村没有让他们近身，和原山一起钻进原山备好的轿车内，随即发动车子，绝尘而去。

从K机场走高速公路至T市需要一个小时多一点。从左侧车窗可以看到北陆海岸线，中间翻过一个山口，又可以眺望到大海。插着报社旗子的各家报社的车子紧随其后，但只能看到律师乘坐的车子的白纱窗帘。

冈村走进T市的原山律师事务所，记者们则被挡在了外面，这中间秋谷比谁都显得焦躁不安。冈村此时想必正一边和原山吃着午餐，一边商讨着工作。秋谷抬起头，从外面打量着这座小巧玲珑的红砖建筑的二楼的窗口。

下午两点是预定在拘留所与被告人会面的时间。冈村和原山一点半走出事务所玄关上了车。新闻记者们只能远远地围观。

一点五十分，冈村律师在原山律师的带领下乘车进入T市监狱的正门，拘留所也在这里面。

监狱门前停满了一排各家报社的车子。记者坐在车内，等着两名律师从大门内出来。尽管谁都相信冈村会接受邀请，担任共同辩护人，但若不是从他嘴里明确地说出来，谁也不敢贸然写进报道。

一小时过去了，又过去了半小时，律师的车子仍然没有开出大门。记者们有的伸伸懒腰打哈欠，有的闭目养神，还有的等得不耐烦了索性开车上前，站在门前朝门缝里张望。

秋谷圆乎乎的身子从车里几进几出，他的心情与其他记者不一样，并不是等候冈村出来的时间长了憋得无聊难受，而是因为会面时间异乎寻常地长，令他不敢轻易怠慢。时间越长，岂不说明冈村越有可能同意担任鬼塚球磨子的辩护人吗？

秋谷不像其他记者，他既认为冈村有可能担任共同辩护人，同时也不排除冈村谢绝的可能性。从冈村在机场时表现的慎重态度来看，他是很认真地来看待这件事的。冈村前来拘留所与鬼塚球磨子会面，或许只是碍于大学前辈原山正雄的情面吧。前辈邀请自己担任共同辩护人，自己如果坐在东京一动不动，未免太失礼了，所以不管下一步如何，姑且先和被告人见上一面，然后再设法郑重而礼貌地向前辈表示辞谢——秋谷这样揣测，这也是秋谷的期待和希望。

然而会面时间越超乎寻常地长，就越令秋谷的期待和希望一点点破碎，所以他心里特别烦躁，不停地在原地转圈踱步。

“出来了！”

不知谁叫了一声。

那辆熟悉的轿车从监狱的大门内缓缓驶出。然而，乘坐着两名律师的车子驶近记者们的车队时，却一下子提速呼地就过去了，只看见车顶反射的夕阳。

各报社的车子于是再次集结在原山律师事务所门前，记者们围在玄关外。大门紧闭。一名记者按响了门旁的对讲机。

“我们想见冈村先生，希望能开一个共同记者招待会吧！”

“明白了，请稍等十分钟。”

回答的是原山律师那细弱的声音。

十分钟后，记者们得以进入事务所的会客室，这里作为记者招待会的临时现场，由于人数众多，不得不打开冷气。

冈村谦孝律师现身了。他在正面靠墙的一把椅子上坐下，下巴略突的嘴角露出一丝笑意，看来心情不错。

“请问先生，结论出来了吗？”

第一个问题从做好记录姿势的记者群中抛了过来。

“你指的是什么结论？”

不愧是在法庭身经百战的冈村，他使出久经考验的舌战功夫，佯作不解地反问道。

“当然是指先生接没接受为被告人鬼塚球磨子辩护的结

论啊。”

“关于这件事，结论还没有出来，请允许我再考虑考虑。”

记者中响起一阵窃窃之声，似乎掩饰不住的失望。

“可是先生同被告人会面的时间超乎寻常地长，是不是先生向被告人鬼塚仔仔细细询问了许多问题的缘故？”

“作为参考，问了一些问题。”

“和被告人之间一问一答，所以花了很长时间对吗？”

“并没有一问一答。”

“哦，那是什么意思？”

“我只是听被告人鬼塚讲而已。”

“足足听了两个多小时！”

“被告人鬼塚连续不停一直讲了两个多小时，来表白自己无罪。”

记者们发出惊讶的声音。

“主张无罪？”

“也不是主张无罪，而是做了一场无罪的演讲。她自己就像个律师似的，什么仅凭间接证据是不能定罪的，思路清晰得很呢；口才极好，能说会道，还使用了大量的法律术语，看来仔细研究过哩。听说有过四次犯罪前科，不过说实话，她是个不多见的女性。”

“也是个非常古怪的女人，说起来就没完没了。不过，她究竟具体说了些什么？”

“这个无可奉告。被告人鬼塚以为我会担任她的辩护人，所以才会说那么多。一句话，我是一名律师，从被告人那里听到的东西我有义务保守秘密的。”

“那么先生您对被告人说了些什么呢？”

“差不多两个小时我就默默地听被告人说而已……只是到最后，我才冷不丁地提醒了她一句，‘可是鬼塚小姐，仅凭间接证据也是可以判定有罪的呀’。”

记者席中顿时鸦雀无声。

“歇斯底里的被告人鬼塚怎么回答的呢？想必暴跳如雷，朝着先生大吼一通吧？”一名记者问道。

“那倒没有。看上去我的话让她受到了震动，她一下子不说话了，只是狠狠地盯着我。”

记者们重新活跃起来。

“然后呢？”

“没有然后啊，我说了一句‘请保重身体’，就离开了会见室。”

一瞬，沉默笼罩了记者席。

“先生，”秋谷站起来提问，声音稍稍有点走样，“先生刚才对被告人鬼塚说的话非常微妙，是不是可以理解为：鉴于被告人的间接证据非常明确，没有辩护的余地，被判有罪是无法避免的，所以无法担任被告人的辩护人——这样理解可以吗？”

“当被告人有罪判决的可能性越大的时候，越是要替被告人辩护，这才叫律师啊。”

“这么说，先生您……”

“我这里只是就一般情况来说的。至于我，是否担任被告人鬼塚球磨子的共同辩护人，这个要容我回到东京后慎重考虑，然后才能给原山先生一个明确答复。”

“好了，冈村律师回东京的飞机起飞时间快要到了，记者招待会到此结束！”

原山抓住时机立即插进来宣布道。

“请稍等一下！”

秋谷举起汗津津的手叫道。

“冈村先生刚才讲就一般情况来说如何如何，那么根据一般情况的话，我的感受是先生打算担任共同辩护人，这样领会没问题吧？”

冈村谦孝没有作声，既不点头也不摇头，脸上带着一丝微笑起身离开了。

秋谷返回报社，开始写稿子。编辑大概会加上《冈村谦孝律师决定担任被告人鬼塚的共同辩护人》的标题吧，不用问，其他各家报纸的报道内容也会不约而同这样写的。尽管秋谷情感上并不情愿，但他清楚地知道自己的大脑在设法努力与其他报纸同步。他握着铅笔的手震颤着。

同事邀秋谷一块儿去喝酒，被他回绝，他直接回了家。

妻子看到他脸色难看，吓了一跳。

“是哪里不舒服吗？”

“没有啊，没事的。”

他独自坐在业已日暮的屋外檐廊下。

妻子在厨房。六岁的儿子、三岁的女儿在院子里玩捉迷藏，妹妹被哥哥追急了，“哇啦哇啦”尖声叫着到处乱跑。

秋谷茫然地凝视着这一切，一动不动的瞳仁里，仿佛映出鬼塚球磨子和“黑驹一家”的河崎三郎、野岛秀夫的身影。

三人狞笑着。鬼塚开口说道：“多亏了你呀，今天我无罪走出拘留所了，真得好好谢谢你啦，所以今天是向你回礼来了。”身材高挑的球磨子，秋谷几乎要抬起头才能看见她的视线，这个女人容貌端正，可脸上的神情却阴沉得叫人害怕。她转身向后努一努嘴，两个黑社会成员立即站起来，挥舞起木刀，家里登时变成了战场，在院子里嬉笑着玩耍的女儿的叫声也化作家人慌张的悲鸣，厨房传来的妻子摞碗筷的声音，听上去仿佛也像家里的器物被砸碎的刺耳声音。

- 6 -

冈村谦孝谢绝担任鬼塚球磨子共同辩护人的消息在T市的律师圈子里传开，是这之后十来天的事。

谢绝的理由，据说是因为冈村家人的强烈反对。儿子对他说，老爸，为那种案子的辩护，即使赢了也不能为你加分，相反只会失分。妻子也劝他，你辛辛苦苦地这几年好不容易干出了点名气，大家对你印象都不错，你如果出马为那个案子辩护的话，你在大家心目中的形象一定会大跌。两个小女儿也不赞成父亲那样做。

人们回想起冈村律师在记者招待会上游移不定的态度，有人背后议论说，别以为冈村名气大，看到鬼塚案子的有罪判决是板上钉钉的事了，怕给自己带来负面影响，所以找个理由机智地从共同辩护人这件事情中脱身出来，这样一来，鬼塚被最终判决死刑无疑了。

秋谷的精气神又恢复了。他暗红色的脸膛一如往常，一度消瘦下去的身板也开始反弹，圆乎乎的身子活动起来敏捷着呢。

他前去原山律师的事务所采访。

“先生谢绝采访。”

一个兼任秘书的女事务员走出来回复道。秋谷心想，原山是因为冈村回绝了关于担任共同辩护人的请求，受了点打击，所以谁都不想见吧。

“听说冈村律师谢绝了担任共同辩护人的邀请，请问这个属实吗？”

“确有此事。”

女事务员点了点头，漂亮的脸上掠过一片阴影。

“那贵所原山先生想必很失望吧？”

“我想是吧。”

“由于这个缘故，先生现在任何人都不想见是吗？”

秋谷非常清楚，直截了当、无须客套的提问是新闻记者的特权。

“没有啊，是因为先生的身体状况不太好。”

秋谷回想起身材消瘦、独自一人坐在医院的候诊厅内等着发药的原山的身影。一同走在路上，原山也是摇摇晃晃地拖着步子，说话声音虚弱，脸色发黄、发暗。

“听他说好像是肝脏不太好呢。”

“是呀，但先生一直拖着就是不肯就医，这次看来是没办法只能住院了。”

“会马上住院吗？”

“是的，就这两三天的事吧。”女事务员脸色阴沉地说。

“这可麻烦啦……那么，鬼塚审理的辩护怎么办？会不会重新物色一名共同辩护人，让共同辩护人先顶一阵子？”

秋谷想，比东京的冈村谦孝律师更棒的替补根本不可能找到，那么，T 市有没有可以担任共同辩护人的律师呢？

“这只是跟你私下说的啊，先生马上就要公开宣布了，所以不妨先给你透露一下……”女事务员清脆的声音一下子放低了，

“先生住院的同时将宣布辞去被告人鬼塚的辩护人。”

“哦，真的吗？”秋谷吃了一惊，赶忙追问道。

“当然不是瞎说的啦。先生很快就满六十四岁了，就算手术非常成功，能不能重新站在艰难重重的鬼塚审理的法庭上也很难说呢。这个案子，如果判决有罪，被告人一定会上诉；如果判决无罪，检方一定会提出抗议、上诉，最后一直上诉到最高法院，这么漫长的案子，以先生的健康状况肯定吃不消啊。”

这和从医院返回的路上原山亲口说的一模一样。

“这倒是一点没错，先生的健康才是最重要的嘛。”

“是啊。”

“那么，后任的辩护人会是谁呢？”

“不知道。”

“有关后任辩护人的事，先生还没有征询其他律师的意向吗？”

“没有。”

“鬼塚本人的希望呢？”

“这个我可不知道啊。”她叹了一口气后继续说道，“我恨那个被告人鬼塚，先生的身体状况越来越差就是因为她！”

秋谷离开了原山律师事务所。

他的心情像此刻秋日的晴空一样，清朗，轻快。流泻而下的阳光，仿佛照射进心里的每一个角落。

冈村律师退出，现在原山律师也要退出了，鬼塚球磨子孤立无援，没有任何力量能阻碍对她的有罪判决了，也许鬼塚球磨子会被判处死刑，即使上诉到最高法院结果也是一样。太好了，这下自己就不会遭到鬼塚球磨子的报复了。新宿的那两个黑社会成员只是听从球磨子指使的帮手而已，她不在了，他们对自己也构不成威胁了，现在可以安心啦，什么都不用担心，真是天助我也。秋谷愉快地想着。可怕的暴力袭击毁坏家庭的危险总算过去了，今后，鬼塚球磨子将只会作为一个话题存在下去，这个世所罕见的恶毒女人、毒妇、女“鬼熊”、全日本史上最不同寻常的被告人。

秋谷甚至还冒出一个幻想，以自己在《北陆日日新闻》上的连载为基础，以后有机会的话可以写成一部犯罪实录式的书，推销给东京的出版社，出版社一定会感兴趣的。

两天后，原山律师因身体不适辞去被告人鬼塚球磨子辩护人的消息正式发布了。消息发布的同时，原山也住进了医院接受治疗。

后任辩护人会是谁呢？秋谷开始在律师圈子里到处奔走打听，收集各路信息，得知没有一个人想继任鬼塚球磨子的辩护人，这不是明摆着的嘛。

假如被告人没有辩护人，审理将无法进行。“凡审理预期可能被判处死刑、无期徒刑或执行期超过三年有期徒刑又或是监禁的案件时，如被告人无辩护人，不得开庭进行审理。”这是《刑事诉讼法》第 289 条的规定。（由于被告人方面的原因）不能选任辩护人的情况下，法官（依据法律赋予的职权）应当立即为被告人指定辩护人（《刑事诉讼细则》第 178 条第 3 款），此时的辩护人也就是公选辩护人。

鬼塚案件的审理正在进行中，自选辩护人原山正雄却由于健康原因而辞任，被告人又没有选定后任辩护人，因此，法官将依据法律尽快为其指定一名辩护人，公选辩护人是从执业律师中挑选的。

秋谷在听到原山辞任之后，被告人鬼塚没有另选辩护人的消息，心里好像一块石头落了地。大概鬼塚球磨子非常自信，认为没有辩护人仅凭自己一人一样能够胜诉吧。她在拘留所的单人房间里，将一本《六法全书》都快翻破了，对《宪法》《刑事诉讼法》《刑法》等下了功夫啃读、研究，烂熟于胸，对她来说，半吊子的辩护人非但无助，反而会碍手碍脚。

然而，就鬼塚球磨子这件案子来说，因为可能被判处死刑或无期徒刑，所以不管她本人怎么想，根据《刑事诉讼法》的有关规定，法官必须为她指定一名辩护人，以保证尽快开庭审理。

当知道将由公选辩护人为鬼塚辩护后，秋谷情不自禁地拍手称快、暗暗叫好，这下子鬼塚没法神气活现了，因为公选辩护人基本上都不会全情投入地去辩护的。

常常听人说，公选辩护人通常同时接好几个案子，在多个法庭间东奔西走，所谓辩护只是像完成任务似的匆匆而过，以致被人们揶揄为“赶场子辩护”，意思就是纯粹为了出庭，做一做表面工作。被告人如果碰上这样的公选辩护人，肯定是没有任何希望了。

不光是秋谷，T 市的律师协会也对究竟谁会担任鬼塚案件的公选辩护人很感兴趣。虽说是由法官指定，但也必须征得被指定的律师本人答应，否则指定不成功。事实上，T 市的律师中愿意接受指定的一个也没有。

鬼塚球磨子情绪波动剧烈，即使这一刻还笑脸盈盈，但只要哪一句话听着不入耳，下一分钟立即暴跳如雷，对检察官甚至自己的辩护人一通臭骂。此时，她的脸色变得苍白如土，眼珠向上翻吊，面部肌肉抽搐不停，出现重度歇斯底里的症状，完全跟个精神病人没什么区别。

原山正雄律师对球磨子如此情形也是头疼不已，不过，性情温厚的他还是忍下来了。“原山的身体状况越来越差就是由于鬼塚的缘故，我恨被告人鬼塚。”原山事务所的女事务员含着泪这样说过。

说起来，秋谷也稍有感觉。以前原山律师的身体状况比现在好很多，充满活力，但突然一下子就显得老了，身体越来越虚弱，越来越消瘦，脸色也变得很差，走路也开始不稳了，这都是他尽心尽力为鬼塚奔波、辩护的结果。球磨子的歇斯底里非常折磨辩护人的神经，可以说，原山的确是因为鬼塚球磨子而病倒的。

这些事情在律师圈子里也传开了，所以没有人愿意成为鬼塚球磨子的公选辩护人。这样一来，法院方面很头疼，因为没有辩护人，就不能开庭，不知拖到什么时候，审理才能继续进行。

然而，鬼塚球磨子的公选辩护人突然定下来了，被选定的是佐原卓吉律师，年纪才四十出头，据说是地方法院的刑事部长再三诚意恳请他才答应的。

听到这个消息，秋谷安心了。佐原卓吉是位以民事诉讼见长的律师，当然有当事人请求的话有时候也接手些刑事案件，不过很少，毕竟民事才是他擅长的领域，并且他在民事辩护方面非常出色。

公选的是这样一位辩护人，很难想象他会全心全意为鬼塚球磨子这样复杂的案子做辩护。看样子法院也是因为实在没有人愿意成为被告人鬼塚的公选辩护人，不得已，最后只好选了位民事方面的律师佐原卓吉。换句话说，从一开始，法院方面和佐原律师双方都没有过多地期待什么“确保被告人的合法权益”。佐原是经不住法院方面的再三恭请，没办法只好应承下来的，按理不会特别认真履职的。毫无疑问，这位律师也会像人们所说的“赶场子辩护”那样，仅仅在法庭上表现一番。秋谷想到这里，越来越觉得前景乐观。

秋谷为采访来到距离法院不远的佐原律师事务所。这家事务所位于一幢公寓住宅的四楼，一共三间屋子，一间是接待室，一间是与当事人等私密会见的谈话室，还有一间是佐原律师的办公室。

好在是新闻记者，所以秋谷走到哪里面子都较大，得以直接走进佐原律师的办公室。

“哟，您好啊！”

佐原卓吉律师从一排塞满法律书籍以及文件夹的柜子前转过身，抬起头来随和地招呼道：“欢迎欢迎。”

长方形的办公桌两头也摞满了书和文件夹。佐原从桌上拿起烟斗，绕过办公桌走到屋子一隅的会客区。会客区里摆着一张小圆桌，围着小圆桌有三把椅子。

四十二岁的佐原律师两颊干瘪，脖颈细长，略微有点削肩；镜片后是一对凹进去的眼窝，高鼻梁，尖下巴，白净的脸呈细长的倒三角形。不过，两片嘴唇却十分红润，红得几乎有点病态。红嘴唇、白面孔以及削肩无不给人留下女性化的印象。

佐原走到胖胖的秋谷身边，礼貌地在他旁边的椅子上坐下。他的腰也十分细弱。

秋谷叉开两腿坐着，他先是和对方聊了一会儿闲天儿。佐原的声音也像个妇人似的，平和而温顺。

“对了，佐原先生，”秋谷开始切入正题，“听说您答应了担任鬼塚球磨子的公选辩护人？”

“嗯，是的。”佐原好像很惶恐似的，将两只手指尖朝前端正地放在膝盖上，“这不是我擅长的领域，我想你也知道，这是一件非常复杂的刑事案件，我也不知道怎么才好。本来我的领域是民事，所以我回绝了，可是法院的刑事部长亲自跑来对我说，‘如果没有辩护人的话，案子就无法开庭，所以务必请您应承’。没办法，就这样我才答应下来的。所以说，我对这个案子真的没什么信心哪。”

佐原谦虚地答道，看他的样子不像是装出来的，这正如秋谷所想象的那样。

“法庭方面之前的相关资料您都看过了吗？”

“从辞任的原山先生那里转到我这儿了。原山先生住院了，真让人担心啊。”

“看了这些资料，您有什么感想？”

“我只粗粗看了一遍，所以暂时还没形成什么看法。”

不出所料，这位公选辩护人并没有积极投入进去的热情。民事诉讼收费高，而公选辩护人拿到的只有每天微不足道的一点报酬，佐原只是碍于刑事部长的情面才答应下来的。

“根据之前掌握的材料还原案件经过，检方认为福太郎当时坐在副驾驶座，被告人鬼塚驾驶车子从码头岸边冲入大海，而原山律师则主张被告人鬼塚当时乘坐在副驾驶位子上，车子是由福太郎驾驶的。因为先生是接替原山先生继任被告人的辩护人，所以我想您也会继续原山律师的主张，不过似乎很难站得住脚啊，是不是？”

秋谷看着无精打采的佐原，直截了当地说道。

“不错，辩护起来的确非常艰难，毕竟被告人鬼塚同新闻媒体的关系很糟糕，已经给人彻底留了强势女人的印象。”

哎哟，这不是在指桑骂槐说我吗？秋谷一下子就听出来了。这话明明就是在说：在鬼塚案件上大肆报道，引导社会舆论的不就是《北陆日日新闻》吗？写那些报道的不就是你秋谷茂一吗？秋谷重新打量起佐原来，只见这位刚刚被选定的公选辩护人，视线向下，不敢和自己对视，看上去似乎很不靠谱的样子，但出人意料的性格中竟然还有善于讥讽的一面。

- 7 -

大约一星期后，秋谷再次来到这幢公寓，踏进了佐原律师的事务所。他从其他律师那里听说，佐原已经前往拘留所和被告人鬼塚会面过了。

“怎么样，和被告人鬼塚的会面结果？”

“哎呀，真叫人吃惊。”佐原瞪大了眼睛说，“她一看到我就恶狠狠地盯着我大声吼道：‘你也认为我真的做过？！’被告人居然对自己的辩护人这样子，我只是和她见了面刚刚寒暄一下而已呀，真是吓死人了。”

对鬼塚球磨子而言，这有什么做不出的。想必她看到站在自己面前的是这样一个不靠谱的公选辩护人，怒由心生，所以才忍不住吼叫起来。秋谷觉得自己很能理解她的感受。

“鬼塚球磨子这女人有点歇斯底里，所以原山先生也被她弄得头疼不已，以致病都严重了呢。”

“恐怕我也会被她害得够呛。”佐原担心地说。

“振作起来嘛。”

秋谷给佐原打着气。这样的公选辩护人再怎么振作、努力，鬼塚球磨子的有罪判决也是难以扭转的。

“不过，说起来也真奇怪啊。”佐原低声嘟囔了一句。

“什么事情？”

“被告人鬼塚坚信自己是无罪的，态度非常坚决。我从来没见过一个嫌疑人像她那样斩钉截铁地相信自己是无罪的，那份坚信，简直近乎信仰了。”

秋谷听了变得很不自在。

“那是因为鬼塚球磨子变了呀，她那是歇斯底里发作的表现。听说重度的歇斯底里表现跟精神病症状差不多，她那样子坚信自己无罪，会不会也是一种妄想类型的偏执行为？”

“哦，也许是吧。”

“所以她的情绪波动才会那样剧烈。听原山先生说，她不光对检察官，对自己的辩护人也是动不动就顶撞、谩骂，还嘲弄法官，辱骂证人。从这些情况来判断，法官对她的印象肯定也好不了。”

“这个我也有所耳闻，”佐原重重地点了点头，“但就算是个歇斯底里的女性被告人，应该也明白自己所处的立场，稍有不慎，说不定就会被判死刑啊！所以，尽最大的努力让法官改善对自己的印象，这是人之常情啊。之所以会不顾一切让自己在法官眼里留下坏印象，我想那是因为她怀有强烈的自信，坚信自己无罪嘛。究竟有没有犯罪，被告人自己心里是最清楚的。”

“但是最后做判断的是法庭，宣告判决结果的是法官啊。”

“不管鬼塚球磨子给法庭和法官留下了多么坏的印象，在事实面前，我相信他们一定会遵从的。她唯一信仰的，可能就是那个叫作真相的上帝吧。自己绝对没有做过被指认的犯罪行为，真相只有一个，任何力量都不能罔顾事实，事实的真相是神圣不可冒犯的，真相就是至高无上的上帝——她就是这样坚信的。所以我想，正因为这样，她觉得法庭也好，法官也好，终归都要遵从真相，所以没什么可怕的，于是她才敢于谩骂、嘲弄……所以说真的，看到被告人这样的态度，让我有点不由自主地觉得她可能真的没做过。”

秋谷差一点笑出来。

但与此同时，他也感受到这位公选辩护人出乎意料地竟是个充满热情的律师。

“您是作为辩护人这样想的吗？”

“哦不，这绝不是从职业立场出发得出的感想，只不过是跳出法庭辩论的立场，从一个普通人的角度这么想想而已。”

秋谷心想，佐原律师是被被告人鬼塚的歇斯底里感染了。据说狂热的宗教热情就是歇斯底里的一种症状，因极度自我陶醉而出现的神鬼附身般的妄语症、不受自我控制的全身痉挛、疯狂舞蹈——激烈的表征能够影响到身旁的其他人，就像麻药一样能将人不知不觉地拖下水，看来佐原律师也已经被鬼塚球磨子拖入其中了。

秋谷这么想着，看了一眼佐原。然而，这张白净文弱的脸也好，这副瘦削的身材也好，怎么看都不像轻易受人影响的样子。

“先生，您刚才讲的是不是可以理解为：被告人鬼塚认为目前这个案子只有间接证据，完全没有具有说服力的直接证据，所以经过法庭辩论最后会判无罪，这样理解对不对？”

“嗯，这也是一个方面……”佐原思索了片刻继续低声说道，“检方开始的时候还把从车内发现的扳手作为物证提出来了，不过那个扳手实在是不好说啊。”

“那个啊，我听原山先生说那个物证后来检方又撤回了……其实是这么回事：检方使用了两辆和事故车新旧程度差不多的车做试验，也都是以时速四十千米的速度从码头岸边冲进大海，发现在水下三米的地方，车子的前风挡玻璃因为巨大的水压而破碎。检方一开始怀疑鬼塚球磨子是用扳手砸碎玻璃，从掉入海中的车内逃脱出来的，但是试验结果却证明，根本没有必要使用扳手砸玻璃，掉进海里它自己就会破碎，所以就撤回了扳手这个物证。如果不撤回的话，到时候辩护人引用试验结果来驳斥检方，检方反而解释不清了。”

“是吗？”

被告人一方的辩护人倒要从一个新闻记者这里了解情况。

“那个扳手，正常情况下都是收纳在汽车的后备厢里吧？”佐原问道。

“是的，放在后备厢的工具盒里，以备车辆发生故障时使用的。”

“鬼塚球磨子为什么要把扳手拿出来，放在驾驶座下面？其实这只不过是检方的说法而已，掉入海底的车子车轮朝上，车顶朝下，整个翻了个个儿，车顶变成了地板，所以扳手掉落在车顶了。”

“我猜想是这样的，也就是车子掉入海底之前，扳手的确在驾驶座下面，鬼塚球磨子开的车，她为了在车子掉下去后用扳手砸碎风挡玻璃逃脱，所以把它放在脚边的。”秋谷解释道。

“要是这样的话，为什么不用破坏力更大的榔头而用扳手呢？扳手的话，只有十五厘米长，对吧？反正我会要求检方出示那把扳手，我要端详一下的。不过我在想，就这么大点儿的一把扳手到底能不能砸碎风挡玻璃呢？与其这样，不如准备一把榔头，绝对不会出岔子，那样不就可以更加放心吗？”佐原半闭着眼睛说，似乎在一边说一边思索。

“……”

秋谷愣怔了片刻，但立刻接口说道：

“驾驶座下面放一把榔头，坐在副驾驶座的白河福太郎会怀疑的嘛。”

“是呀，可扳手的话也一样啊。车子又没发生故障，从后备厢里拿出一把扳手，放在驾驶座下面，怎么看都让人觉得不自然，所以同样会让坐在副驾驶座的白河福太郎起疑心的。”

“可是，如果球磨子悄悄把扳手藏在身上，再放到驾驶座下面，福太郎应该注意不到的吧。”

“检方起初觉得扳手有问题的时候也是这样认为的，即车子掉进海里后四脚朝天，放在驾驶座下面的扳手和坐在副驾驶座上的福太郎一样，离开了原先的位置，滑到最后被发现的地方。换句话说，扳手一开始到底在什么位置没人知道，检方只是根据推理，认为它是放在驾驶座下面的。”

看来律师知道的细节还不少。

“先生为什么揪住扳手做文章呢？”

“没有特别做文章啊，只不过觉得稍许有些蹊跷。”

秋谷心想，检方都已经撤回了，为什么佐原律师仍觉得蹊跷？看来因为是专长民事的律师，所以一旦碰到刑事案件才会说出如此不着边际的话吧。

“我之前和被告人鬼塚会面的时候问过她，她说她根本不知道为什么福太郎要将扳手放在车内。她还说，去弥彦神社的路上是她开的车，如果扳手放在驾驶座下或者别的什么地方，她肯定会发现的。”

“身为犯人的她当然会那么说啦。”秋谷在心里冷笑了一声。

“另外，还有一件事我也一直在琢磨……”律师显得十分谨慎。

“还有？”

“是鞋子的事。”

“鞋子？”

“福太郎右脚上的那只短靴脱下来了，漂浮在灌满海水的车内。”

“说到这个，打捞时的现场检查报告里面有提到过。”

“福太郎左脚的短靴好好地穿在脚上，可是右脚的鞋子怎么会脱下来呢……”

佐原自言自语似的轻声嘀咕道。

“我觉得那是车子掉进大海时受冲击造成的。冲击的部位不同，所受的冲击力强弱也不一样，他的右脚在车子掉进大海时受到的冲击更大。”

“……”

“我们在日常生活中也经常碰到的，同一双鞋子穿在脚上，穿着穿着一只鞋松了。福太郎右脚上的鞋子稍稍有点松动，所以在那样的冲击力之下就脱落了嘛，肯定是这样的。”秋谷说道。

“听你一说，好像就是这么回事啊。嗯，也许是这样吧。”

佐原的眉头松开了，似乎难解的问题得到了答案。不过他略略思考之后，眉头又皱紧了：“总觉得还是有疑点，扳手和那只鞋子……”他自言自语着。

秋谷离开佐原的办公室来到走廊上，这幢公寓楼里没有电梯，他踏着水泥台阶“噔噔噔”地往下走去。虽说是公寓楼，可里面几乎全是企业的办公室，每层楼的房门上大都贴着印有会社名字的铭牌，房门紧闭。走在走廊和楼梯上，都会响起自己的鞋子踏地的声音。

由鞋子声秋谷又想起来，为什么佐原律师会觉得漂浮在车内的白河福太郎的鞋子有蹊跷呢？那件事连检方（包括搜查阶段的警方）都不觉得有问题。不用说，前任辩护人原山律师也没有提出过疑问，为什么唯独佐原律师对此特别在意呢？

还有那把扳手。警方和检方不约而同地推断是鬼塚球磨子为了砸碎前风挡玻璃而藏在驾驶座下面的，但是经过试验却发现，在巨大的水压下，前风挡玻璃自然而然地破碎了，于是检方将扳手从物证（这是唯一一件物证）清单中去掉了，可是现在佐原又将这个话题提起来了。

此前秋谷还一直认为，对民事诉讼得心应手但不擅长刑事诉讼的佐原，说出来的话让人明显感觉到方向错误，但是这错误的方向却大大出人意料，看来有必要对他重新认识了。

无论鞋子也好，扳手也好，佐原到底觉得哪里蹊跷呢？弄不清楚这一点，秋谷心里感觉很不踏实。越想越觉得佐原律师的想法出人意料，秋谷在想，必须对他重新认识，说不定他完全不像外表那副样子，而是个具有敏锐观察力的主儿哩。

也许自己对佐原评价过头了，可能是因为之前将他看作是和其他公选辩护人一样的平庸之辈，出于一种逆反心理，反而又将他看得过高。但好像不光是这样，秋谷觉得，佐原有着别人没有的狗一样的敏锐嗅觉，这种嗅觉或者说观察力，说不定会导致鬼塚球磨子以无罪而告终。

说不清为什么，秋谷开始对佐原律师产生了一种害怕的感觉。我是不是变得有点神经衰弱了？一心期盼着鬼塚球磨子被判刑，这种情绪过分强烈，以致神经变得不太正常了……

秋谷走在街道上，不安地透过路边的橱窗窥觑着橱窗玻璃映出的自己的脸。回到家，妻子迎了上来。

“哎呀，他爸，你脸色不大好啊！”

妻子有点担心地看着他。

秋谷略胖的躯体埋进客厅的椅子里。屋外传来两个孩子的嬉闹声。

“换换衣服吧？”

“嗯。”

秋谷漫不经心地应着，随手掏出香烟来。妻子朝门口走去，准备归整一下丈夫脱下的鞋子。

“哎！”秋谷忽然回转头，气哼哼地吩咐说，“把我右脚的鞋子拿过来！”

“啊，只拿右脚的鞋子吗？怎么回事？”

“没什么，叫你拿过来你就拿过来！”

妻子提着一只鞋子返回，秋谷立即接了过来。

“哎呀，泥都掉地上了。”

妻子慌忙拿来报纸铺在榻榻米上。

秋谷将自己的鞋子拿在手上摆弄着，看看鞋面，又看看鞋底。妻子在一旁也跟着上下打量。

“鞋跟磨掉了不少呢，拿去鞋店修补一下吧？”

“你别烦！”

这样普普通通的右脚的鞋子，为什么佐原律师会对它感兴趣呢？白河福太郎的鞋子应该跟这只也差不多吧，只不过福太郎右脚上的鞋子脱落了，掉在车内，然后漂浮在水中而已。现场检查报告中写道，福太郎右脚的鞋子上有轻微的刮擦痕迹和凹陷，明摆着是车子翻落时受到了冲击所致。秋谷沉思着。

“哎，家里有扳手吗？就是汽车驾驶员使用的那种扳手。”

“我们家又没有车子，哪里来那种东西啊？隔壁人家有车子，应该有那种东西吧。”

“你去隔壁家借把扳手来！”

扳手借来了，可是也没发现什么可疑之处。长十五厘米，厚约四毫米，秋谷拿着扳手翻来覆去地一通端详，扳手就是扳手而已，没有任何异常的地方。

秋谷放下鞋子和扳手，一动不动地坐在那里，低头沉思。

佐原律师为什么会对这两样东西感兴趣呢？

妻子担心地望着默不作声、凝眸沉思的丈夫。

- 8 -

公开审理已进行了数轮。

以下是被告人的辩护人佐原律师对检方证人河崎三郎（东京新宿“黑驹一家”成员，三十六岁）的交叉询问[1]（摘选）：

——鬼塚球磨子与白河福太郎结婚，离开新宿搬至T市之前，对你说了些什么？

——鬼塚球磨子对我和野岛秀夫说：这次要好好干一件大事，狠狠赚它一票，成为富婆再回来。

——对被告人鬼塚说的这些话，照你的理解是什么意思？

——她之前和T市的白河福太郎走得很近，白河先生每月大约会有三次从T市上新宿，到她陪酒的酒吧来玩儿，然后和她一起去情人旅馆或者她住的地方过夜。她曾说，白河先生是T市的富豪。她之所以和白河先生好，我想就是冲着他的财产去的。“好好干件大事，狠狠赚一票”应该是这个意思。

——被告人说成为富婆再回来，是指得到了白河先生的财产之后再同他分手回到东京，还是说只是一时回东京？

——这个她倒没有说得很清楚。

1　交叉询问：指一方当事人或其律师在法庭上对另一方证人进行的盘诘性询问，《布莱克法律大词典》释义为：“在审判或听证中由与传唤证人出庭做证的一方相对立的一方对该证人进行的询问。”交叉询问是法庭质证的基本方式之一。

——被告人是为了得到财产而与白河先生结婚，这是你自己的想象吧？

——说起来的确是这样。她从来没有明明白白地亲口说过，的确是我自己的想象。

——被告人有没有同你说起过，她和白河先生结婚后，打算给白河先生买高额的人身保险这件事情？

——没有，没同我说过。

以下是被告人的辩护人佐原律师对检方证人野岛秀夫（东京新宿“黑驹一家”成员，三十二岁）的交叉询问（摘选）：

询问内容与以上对河崎三郎的询问相同。

以下是被告人的辩护人佐原律师对检方证人木下保（在T市经营建筑工程公司，五十八岁）的交叉询问（摘选）：

——你和白河福太郎先生是朋友吗？

——是的。我和白河先生结识有三十年了，我们是好朋友。

——根据你向检察官提供的证人证词，白河福太郎先生与被告人鬼塚球磨子结婚大约四个月后，福太郎曾经非常苦恼地向你透露说：“和球磨子结婚是犯了个大错啊！那个女人，脾气很坏，简直歇斯底里，又贪婪得要命。不光如此，她背地里好像还和以前在新宿搭识的黑社会有往来。”于是你向他建议说：“既然这样，干吗不跟她离婚呢？大不了给她一大笔补偿好了。”证词记录里是这样记录的，真实情况是不是这样？

——完全如此。

——这份记录里还提到，对于你的建议，福太郎当即说道：“那个女人啊，三千万五千万的补偿根本想都别想，少于一亿日元她绝不会答应的，可我拿不出那么多钱啊。不过，过些时候一旦想出办法来我就跟她离婚，肯定会离的，为了不在自己身边的孙儿们也得和她离。只不过，我要是和她离婚还真得做好心理准备呢，说不定会被她杀了！”这个也是事实吧？

——福太郎跟我说的就是这个意思。

——白河福太郎担心自己会被妻子球磨子杀死，有什么具体事实吗？白河先生有没有对你说过？

——没有，福太郎没有具体说起过。

——也就是说，球磨子并没有杀害白河先生的具体计划，白河先生也无从知道这个计划，应该这样理解对吧？

——我感觉，那个时候白河太太（就是球磨子）应该还没有什么具体的计划。

——“杀死”“被杀”之类的词语，平时日常生活中开玩笑的场合也会挂在嘴边。既然鬼塚球磨子没有一个明确的杀人计划，就不能认定说她蓄意杀人，那么白河福太郎感觉自己会被球磨子杀死也就无从说起了。白河先生在你面前说的做好被球磨子杀死的心理准备之类的话，完全就是没有任何事实根据的玩笑话，这么理解你认为有问题吗？

——这么一说，我想那的确是句没有任何事实根据，好像无须特别在意的玩笑话吧。

以下是被告人的辩护人佐原律师对检方证人藤原好郎（T 市公司职员，二十八岁）的交叉询问（摘选）：

——你在昭和 ×× 年七月二十一日晚上，在位于 T 市新港湾码头 A 号泊位岸边的公用电话亭给当时你的未婚妻即现在你的太太打过一通电话，你还记得大约是什么时间吗？

——晚上九点零五分。

——为什么你会记得那么清楚？

——因为我约了我当时的未婚妻荣子在码头边见面，可到了约定的时间荣子还没来，我就给她住的公寓里打电话问什么情况，时间是九点零五分，当时我还看了下手表，所以记得很清楚。

——你在打电话的时候，有没有看到一辆轿车从电话亭前驶过？

——是的，我看到了，我看到一辆轿车快速地从电话亭前驶过，朝码头泊位方向驶去。当时我把话筒握在手里，又看了下手表，时间是九点十分。

——为什么要再次看表呢？

——那辆车子的时速大概是四十千米，朝着码头边驶过去，我觉得很危险，因为再往前就是海了。

——从公用电话亭到码头岸边大约是一百米的距离，时速四十千米的话，也就是每秒钟行驶十一米，车子驶到岸边不到十秒钟的时间。当时，你感觉那辆车子有没有踩下刹车？

——没有。

——有没有向左或向右打方向盘的样子呢？

——我看见车子的尾灯是笔直朝着码头岸边过去的。

——当时的天气怎么样？

——当时雨下得很大。

——码头上的照明情况怎么样？

——码头上非常暗。

——周围非常暗，加上又下着大雨，所以那辆车子的车型你应该没看清楚吧？

——公用电话亭顶部的灯很亮，从电话亭前面驶过去的车子正好一瞬间被照见了，而我自己的车子停在亭子前没有熄火，所以我看清了那辆驶过去的车子的尾部。

——哦，是什么车型？

——是辆国产中型轿车、A 公司 ×× 年推出的“C”型车。

——下着大雨，你还能那么肯定地认出来吗？

——是的。

——车牌号是多少？尾灯亮着，你应该看得见吧？

——车牌号码没看清楚，因为毕竟下着雨，而且天也暗，再说还是以大约四十千米的时速疾驶而过的。

——A 公司 ×× 年出产的“C”型车是不是很大众化的车型？

——算一般吧。

——驾驶座和副驾驶座上坐的分别是什么样的人？

——公用电话亭是在面对着码头岸边左侧的道路旁边，那辆车子是从电话亭正前方驶过的，所以我能看到副驾驶座上坐的人，但是驾驶座上的人被副驾驶座上坐的人遮挡住了看不到。

——副驾驶座上坐的是个男性还是女性？

——是个男性。

——你看见了那个人的侧面？他脸长的什么样？

——车速加上下雨，脸部看不清楚。

——可是车速四十多千米的话，坐在副驾驶座上的男性的脸即使是一瞬间还是能被你看到，大概是个什么样子也没有看到吗？

——真的没看清。

——那你怎么知道是个男性呢？

——我想应该是男性。

——穿的什么样的服装呢？

——没什么印象。

——你当时仍旧握着话筒和你未婚妻在通话吗？

——是的。我一边通话一边看到那辆车子开过去的。

——你说过，你因为未婚妻没有按照约定的时间前来约定地点约会，所以打电话给她，对吧？所以你是不是用质问的语气和她通的电话，责问她为什么还不来，对不对？

——语气是有点不太冷静。

——面对你发凶的质问语气，她有没有向你辩解？

——她向我解释了迟到的原因，然后说赶到码头太远了，所以想改到市内的茶餐厅约会。

——也就是你全神贯注地在听她的解释还有她提议的新的约会地点，你当时的注意力全在通话上了，所以从电话亭前经过的车子副驾驶座上坐的人你虽然看了一眼，但是因为注意力不集中，所以看了也相当于没看，就像人们说的心不在焉的那种状态，你承不承认？

——现在回过头来想想，的确是这样。

——正因为处于那样一种状态，所以你对坐在副驾驶座上的人的脸和穿的服装都没有看清楚，只模模糊糊留下个印象好像是个男性，是不是这样？

——经您这么指出，的确无法排除这种情形。

——你看过报纸上登的关于七月二十一日晚在码头A号泊位发生的轿车冲过路堤掉进海底的报道吗？

——是在二十二日的早报上看到的。

——后来报纸以及周刊上登载的推断本案被告人也就是鬼塚球磨子当时驾驶的车子，而死者白河福太郎坐在副驾驶座上的报道你看过吗？

——看过。

——你受到那些报道的影响，从而留下了副驾驶座上坐着的“好像是个男性”的印象，是不是这样？

——不能否认有这个因素。

- 9 -

秋谷再次来到佐原的事务所。

夏天已经过去，时节进入真正的秋天，立山群峰峰顶的白雪越来越醒目。鬼塚案的公开审理也差不多接近尾声，距离一开始进入审理连头带尾整整过去了四年，佐原律师担任被告人的公选辩护人也有三年了，可谓一场漫长的审理。

审理期间，秋谷终于知道了曾被自己不放在眼里的佐原律师有多么顽强，他不得不承认，这位律师的内心深处似掩藏着一种令人感到可怕的东西。鬼塚案的公开审理一步步走到如今，显然对被告人十分有利，这是秋谷根本想不到的。

在对检方证人的交叉询问中，佐原律师成功地将“证词”这座坚固的堡垒一点点击破，令其轰然崩毁，他在法庭上揭开并展示了这些所谓的“证词”，内容上是多么含混不清，由于这种含混不清又可以得出多少种千奇百怪的解释来。

在这个案件中，检方的唯一武器只有间接证据，而间接证据中被视为最重要的证据便是河崎三郎、野岛秀夫、木下保、藤原好郎等人的证词，佐原律师在所有法官、检察官以及满庭的旁听者面前，将证词中脆弱、经不起推敲之处都一一揪了出来。

T 市律师协会对佐原律师在法庭上的表现的评价是：佐原律师虽是一名民事诉讼律师，但从其对检方证人的交叉询问中可以看出，其高超的技巧即使在刑事审判中亦堪称不同凡响，并进一步分析道，正因为他是一名民事诉讼律师，对于自己专业之外的刑事诉讼感觉到特别新鲜，由此激起他强烈的好奇心，他将在民事诉讼中所练就的对于证人供述心理犀利的洞察力运用到了此次公开审理中。

一般而言，公选辩护人对被告人大都不抱什么同情心，因此对案件的内容不会特别上心去研讨，在法庭上也仅仅出于义务而辩护一番，缺少充满激情的精彩的激辩，但佐原律师却彻底颠覆了这个固有的认识，甚至可以说，他拥有着比刑事专业的律师更为优秀和敏锐的直觉，同时还拥有一颗勇于追求事实真相的痴心。

T 市的律师圈子则这样评价本案：前任的原山辩护人对于被告人的同情心和辩护热情不亚于佐原律师，但在法庭辩护技巧方面稍逊于后者；此外，与本案中佐原律师的表现比较起来，谢绝了原山律师继任辩护人的那位名气响当当的冈村谦孝律师能否有同样精彩的表现还很难说呢。

现在，一部分专家甚至私下已经流露出被告人鬼塚球磨子有可能被判无罪的猜测。

秋谷内心感到一种近乎恐惧的不安。他努力掩饰着这种不安，来到位于公寓楼四楼的律师事务所办公室与佐原卓吉律师会面。

身材瘦弱、有点削肩的佐原律师脸上浮着女性般的微笑，和身材圆乎乎、个头矮小的秋谷面对面相向而坐。

“这样说，真叫我感到有点不好意思呢。”

听到新闻记者转告辩护得到一致好评的消息，佐原卓吉脸颊都涨红了，与身后柜子里插满的书脊烫着金色书名的法律类书籍，办公桌两端摞满的诉讼资料、文件夹等，形成了强烈的对比。他真是个老实温存的男人。

“我只不过试着站在证人的立场展开质证而已，这样一来，多多少少能够把握到一些证人的心理。”

佐原态度谦虚地说。

“有时候有的证人会对被告人怀有负面情绪甚至恶意，这种人的证词往往是不可靠的。我一开始进行交叉询问的那两个人，河崎三郎和野岛秀夫，从某种意义上讲，和鬼塚球磨子是同伙，理所当然地对被告人怀有一种亲近感，不至于会有什么恶意。然而这两个人竟然一开始就咬定球磨子与富豪白河福太郎结婚是为了获取福太郎的财产，但这是他们根据自己与球磨子接触下来的经验而做出的推测，推测即使不能说是完全错了，但推测毕竟只是推测。球磨子从来没有说过自己是为了获取福太郎的财产才假意和他结婚这样的话，她只是说过自己这次去T市要好好干件大事，成为个富豪再回来之类的。两人纯粹就是根据这些话而以为球磨子就是冲着福太郎的财产去的，而具体的实施计划两人也从未听球磨子提起过。也就是说，他们两个人之所以会有这样的想法，完全是根据自己与球磨子的交往经验类推出来的。民事案件中，像这种类推的证词多得很呢。”

佐原声音很轻，可一旦说起来便滔滔不绝。

“接下来的证人木下保和白河福太郎是多年的朋友，福太郎与球磨子结婚后为此事产生烦恼而向木下倾诉，木下建议他干脆离了算了，接着福太郎说‘如果要跟她离，那我得有思想准备，说不定那婆娘会把我杀了呢’。检方据此得出结论，认为球磨子有杀害福太郎的预谋，福太郎自己已经觉察到了，但我认为福太郎只是随口那样一说而已。假如球磨子真的早已有了杀人预谋，而福太郎也真的觉察到了的话，他和木下说的时候应该是以一种更加认真的口吻说，并且会开口求助的，他也不会眼睁睁坐等球磨子把自己杀死吧，他一定会东央西告地四处联络，想尽一切办法躲过这场灾难，但事实上，所有这一切努力他都没有做过。”

佐原律师那两片和他温文荏弱的样子极不相适的红红的嘴唇，迅速地上下翻动着，而且说的话着实很有说服力。

“最后质证的那名证人藤原好郎，是在事故现场目睹福太郎或者球磨子驾驶的车子冲进大海的唯一的目击证人，他说看见车子副驾驶座上坐着的是个男人。副驾驶座上的是男人，那驾驶座上的自然就是女人，也就是当时是鬼塚球磨子开着车。可是，经我仔细询问藤原证人，他连副驾驶座上的人的脸部以及穿的服装等都说不上来，于是我质问他，这种状况下你怎么知道坐在副驾驶座上的那个人是男人呢？他的证词就不敢那么肯定了，只说感觉应该是个男人，估计是无意识中受到了事故后所看到的新闻报道的影响，他本人也承认了这一点。”

听到这里，秋谷低下了头。

“证人目击到的事故那天晚上九点十分前后下着大雨，新港湾码头 A 号泊位附近一片漆黑，那么是不是因为天气条件恶劣，导致藤原无法正确分辨出副驾驶座上的人呢？并非如此。因为他当时的注意力根本不在这上头。藤原好郎跑进公用电话亭，当时正在和他的未婚妻通电话，因为未婚妻没有遵守约定的时间前来约会，想必他心里一定有些恼火，为此未婚妻一个劲儿地向他解释原因，藤原专心地在听，然后未婚妻又突然提出改一个约会地点，藤原更得认真听了……”

佐原说到这里，想象着当时的场景，脸上禁不住露出了微笑。

“就在说到最紧要的时候，一辆轿车从电话亭前驶过，朝码头岸边的方向直冲过去，藤原是一边手里握着话筒，一边听着未婚妻讲话，一边看着车子驶过去，此时藤原的注意力比起那辆车子来，理应更加在意话筒里未婚妻说的话，因此他对驶过的车子只是看了几眼而已，并不会特别注意到什么，就像我们平时说的，看是看了，但什么也没看见，也就是对车子处于心不在焉的状态，藤原当时就是那样一种状态。”

接着，佐原律师说了声“不好意思”，瘦弱的身子从椅子上站起，眼睛在身后的文件柜上扫视着，然后从里面抽出一本书，又重新坐回到椅子上，将书翻开来。

“这是一个名叫阿尔伯•赫尔维希的德国地方法院院长写的《心理学与法庭询问技巧》，其中有一节《证人的心理》，他在里面这样写道：‘……人的注意力集中于某一特定对象时，势必疏于关注其他同时发生的事情。因此，一般而言，同时认真看或者认真听这种情况是不可能的，大多数人在注意看某一对象的时候，对听觉刺激就会不那么敏感了；反之，如果听觉刺激吸引了其注意力的话，视觉刺激也会随之减弱。处于两种极端之间的无数普通人，其同时看与听的能力千差万别，作为法官，我们通过长期训练通常可以做到同时看和听，但这并不意味着就某一事件进行陈述的证人也同样具备这样的能力，如果以为他们也可以同时高效地驱动视觉能力和听觉能力，那是不现实的……’这样一说，你就能明白藤原好郎当时的心理状态了吧？”

佐原说着，端详了一下秋谷的脸。

秋谷倚靠在椅背上，一动不动，也不开口应和。他嘴巴微微张开，下嘴唇无意识地下垂着。

“哎，你怎么了？”

佐原注意到秋谷的脸色有异，忙关切地向他询问。

“……”

“你脸色不大好啊，是不是哪里不舒服？”

佐原像个中年妇女似的语气非常温柔地问。

“哦不，不要紧的。”秋谷终于摇了摇头答道，“先生，被告人鬼塚会不会被判无罪啊？哦对了，这样问被告人的辩护人简直是愚蠢，我是想说，先生对检方证人的质证非常成功，您觉得这个案子会因为证据不充分而判无罪吗？”

秋谷关心的还是这个。

“我当然会朝这个方向努力的。不过从我来讲，我不想单靠证据不充分而赢得消极的无罪判决，而是想更加积极地拿出证明来，彻底推翻有罪起诉。”

“但是对被告人鬼塚来说，不是只有间接证据吗？您说无罪的有力证据，莫非是有了什么物证吗？”

“这个嘛，很遗憾，目前阶段暂时还没有成形。”

“还没有成形是？”秋谷的神经被佐原古怪的说法撩得难受极了。

“意思就是，比方从远处看一样东西，虽然已经看见，但是仍然有点模糊，还没有形成一个清晰完整的轮廓。”

“……”

“你还记得，我和你说过掉落在海底的车子里漂浮着的白河福太郎右脚的鞋子，还有那把扳手吗？”

“是啊，我记得。”

“我总觉得那两件东西上有些疑点，所以总是放不下。”

“可是检方不是说了吗，福太郎右脚的鞋子是因为掉下去时受到冲击脱落的，至于扳手则是被告人鬼塚用来在车子掉进大海之后砸碎前风挡玻璃以便从车内逃脱的工具？然而，用同样车子试验的结果，却发现前风挡玻璃会在水下三米处就因为巨大的水压而自然破碎，所以扳手的事情最后不了了之……”

“没错，我也是这样想的，可这两件东西我还是放不下。”

“……”

事实上，秋谷自己也曾在家里将自己的鞋子以及扳手翻来覆去地仔细研究过，但没发现任何疑点，所以他没有将“试验”结果告诉佐原。

“您觉得什么地方有疑点？”

“什么地方有疑点？就因为说不出来我才苦恼。要是能干干净净地从脑子里赶出去倒也轻松了，可是那样我又做不到，它总是躲在意识的一个角落里不肯离去。只要能理出个头绪，形成清晰完整的轮廓，或许就能成为鬼塚被告无罪的有力证据……”

佐原将纤柔的手指按住额头，显得非常苦恼的样子。

佐原律师这副模样，竟让秋谷害怕起来。这位公选辩护人太厉害了，鬼塚球磨子身上诸多“铁一般”的间接犯罪证据，一多半都被他成功击破了。现在，他竟又试图找出直接证明被告人无罪的证据。以这个佐原来说，说不定还真能被他找到呢。

秋谷眼前蓦地浮现出从拘留所保释出来的鬼塚球磨子，带领着东京新宿的黑社会成员冲入自己家的光景，妻子和两个孩子的悲鸣声在耳畔响起，自己在挥舞的铁棍或长刀之下渐渐失去意识……

“要说间接证据，”佐原的声音还在继续，“鬼塚球磨子这个名字说不定才是最大的间接证据，因为它容易让人一下子就联想到‘鬼熊事件’，然后落下个女‘鬼熊’的先入为主的印象。”

秋谷心想，给她起这个绰号的正是自己啊。

“这样的坏女人，很可能的确做了呢。不，肯定是做了，为了获取钱财而杀死自己的丈夫，肯定没错。渐渐地，人们心目中的印象越来越倾向于她确实是罪犯，确实杀了人。所以这样说起来，她的名字真的是个很不幸的名字。”

有没有什么办法，让这个律师从被告人鬼塚辩护人的席上消失？秋谷暗暗思索着。

“请您辞了辩护人吧！请您退出吧，拜托了！不然的话，我一家都要被鬼塚球磨子算计啊。”

可是，即使恳求对方，佐原也不像是个会辞去辩护人的律师，他已经对这个案子有了强烈的好奇心,同时被一股功名心驱使着,根本不可能中途停下。

必须想办法将佐原从鬼塚的辩护人这个位置上弄下去，必须让他消失。否则，我全家都会遭到那个性格变态的鬼塚球磨子的暴力威胁。想到这里，秋谷禁不住出了一身冷汗。

- 10 -

秋谷圆圆的脸拉长了，原本气色很好的脸变得苍白，浑身疲软无力，肌肉酸痛，脑子昏昏沉沉的，好像头上压了一块什么东西似的。

晚上睡不着觉，莫名其妙地净做梦，直到天快亮时，才总算熟睡；早上到了报社，却完全无法集中精力工作，记什么忘什么，丢三落四的，而且心里始终有种不安的感觉，动不动就和人顶撞。

妻子和报社方面当然不会注意不到秋谷的变化。他的上司就关切地劝他："你大概是有点神经衰弱，最好上医院去看看吧！"但上司并不知道他这样子的原因是什么。

在报纸上大肆报道鬼塚球磨子的案件，将她骂得狗血喷头的是自己，《北陆日日新闻》社也负有责任，被判无罪的鬼塚球磨子如果以损害名誉罪起诉的话，报社负责人就要成为被告。事情仅止于此倒还罢了，秋谷可以将事情原委和自己的担心向报社负责人坦率地讲清楚，报社方面会同法律顾问商量，想一个善后对策的。

可是，鬼塚球磨子会同黑社会成员联起手来进行报复，这种事他却无法说出口。他知道鬼塚一定会来报复他的，但仍不确定，上司肯不肯理会自己。

鬼塚一定会向那一系列报道的署名记者也就是自己报复的，并且不会事先预告，不知道哪一天就会突然出现在自己面前，而自己却毫无防备。上司会耻笑自己胆小如鼠，因此对上司说不出口；妻子会为自己担惊受怕，因此对妻子也不能挑明；只能自己独自一人与这份不安抗争。

这些事佐原律师并不知情。也正因为不知情，所以距上次见面之后的三个星期，佐原给报社打电话，用欢快的语气告诉秋谷，自己有了非常重要的发现，请秋谷立即到自己的事务所来一趟。

“原先模糊不清的那层雾终于揭开了，喏，就是我之前说过的关于扳手和鞋子的疑点。”

秋谷一踏进办公室，佐原律师立即像个掩藏不住内心喜悦的女人般满脸发光地说道。

办公室的红色地毯上铺着一张报纸，上面是一只佐原自己的右脚的鞋子，还有一把扳手。

“前两天我开着车子从商店街经过时，路上人来人往堵得很厉害，等了三次红绿灯才通过。谁都会有这种经历，等信号灯的时候特别无聊，可是开着车又不能拿本书来看……”

他想说什么？秋谷暗自忖度着。

“前面的车子稍稍动一下，马上又停了下来，我跟在后面也一样，每次都得要踏一脚刹车，又踏一下油门。我的车子是自动变速的，也就是自排挡的。对了，说起来，我当时就联想到四年前的七月二十一日晚上九点十分左右从新港湾码头 A 号泊位冲入海底的白河福太郎的车子也是自排挡的，一脚油门一脚刹车交替踩下去的那种，而且都只要右脚踩就可以，于是，我猛然间恍然大悟，掉进海底的事故车内那只福太郎右脚的鞋子……”

秋谷两眼紧盯着佐原的脸。

“福太郎右脚的鞋子之所以会脱落，之前都认为是车子掉进海里时受到巨大的冲击所致，警方和检方，还包括前任辩护人原山律师，都是这样认为的。而左脚的鞋子却好好地穿在脚上，则是由于受到冲击的部位不同的缘故。但是，如果福太郎当时坐在副驾驶座上的话，鞋底部受到的冲击照理是差不多的，所以说不可能单单右脚上的鞋子脱落，要脱落应该左右脚一起脱落。同样，如果鞋子照样穿在脚上的话，那也不单单是左脚，右脚的鞋也应该是穿在脚上的。而驾驶座这边前面有仪表盘和方向盘，下面又有刹车踏板和油门踏板，左手边还有排挡杆和控制台盒，和空荡荡的副驾驶座一侧比起来要杂乱得多，因此车子掉进海里的时候，不同部位所受到的冲击才会大不一样，根据这一点，就不应该单单右脚的鞋子脱落了。这样想想的话，福太郎当时很可能是坐在驾驶座上的。”

说到这里，佐原律师拿起女事务员端来的咖啡啜了一口。

“开始的时候，我也就只想到这一层，”律师将咖啡杯子放回到托碟里，继续说道，“可是，我在仔细察看刹车的时候，忽然脑子里就冒出一个古怪的念头来。你应该是知道的，刹车由脚踩的踏板和前面连在一起的传动杆组成，踏板的表面是扁平的板状，长约十厘米，宽约五厘米——这个没有什么关系，我感兴趣的是踏板背面与地板之间的空距，我看了看，发现似乎正好可以放进去一只鞋子，我就试着把我自己右脚上的鞋子放到踏板下面去，结果放不进去。但如果把鞋子横过来，将鞋跟这头又厚又硬的部位往底下塞，一下子就塞进去了。我回到事务所后又仔细测量了一下，不踩刹车踏板的状态下，刹车踏板最前头的地方与地板之间的空距是七厘米……哦，顺便说一下，我的车子和白河福太郎的车子一样，都是A公司生产的‘C’型车。”

佐原到底想说什么？

“白河福太郎的鞋子，加上鞋跟的高度一共是七点四厘米，和我的鞋子一样，放不进刹车踏板下面去。但是如果像我刚才说的，把鞋子横过来的话刚好放得进去。鞋子横过来后的高度，也就是鞋跟的宽度，是六点七厘米，踏板与地板之间的空距是七厘米，有三毫米的空余。换句话说，将鞋子横过来塞进刹车踏板下面后，还有三毫米的空隙。”

佐原说着，拿起桌上的便笺纸，用铅笔在上面画起示意图来。

“看，明白了吗？”

“我明白。”秋谷点点头表示听懂了。

“像这样子把鞋子塞在刹车踏板下面的话，刹车踩下去也会因为鞋子硌在下面而无法完全制动，只是稍稍能感觉到一点摩擦减速的效果。假如要让刹车彻底变成失灵的状态，那么就必须把鞋子的高度再增加三毫米……另外还有一个问题，踏板下留有三毫米空隙的话，车子行驶过程中塞在踏板下面的鞋子会发生移位，从踏板下溜走。想要不让它移位，需要找一样厚度大约三毫米的硬东西将它固定，有什么东西可以用来固定呢？于是我想到了放在后备厢里的修理工具扳手，我量了一下，扳手长十五厘米，厚度是四毫米……”

"……"

秋谷咽了一口口水，自己在端详琢磨的时候怎么就没想这么深呢？

"哎，秋谷先生，你对这个案件可以说最熟悉了，一方面从前任辩护人那里打听到不少情况，另一方面花了许多工夫多方采访、深挖，而且自己还亲身去现场做过调查，所以我想，我现在要把我的推理讲出来，希望别人帮我一起判断的话，也只有你最合适了。"

佐原看着秋谷的脸真诚地说。

秋谷自然理解佐原的感受，作为最了解情况、最有发言权的人，自己完全受得起，换成另一个不知情的人，说了也是白说。

"深感荣幸。"秋谷说。

"应该是我感到荣幸啊，有你这样可以说得上的人，真是谢天谢地……对了，"佐原的视线回到便笺纸上画的图，继续他的说明，"鞋子的高度是六点七厘米，扳手的厚度是四毫米，加起来是七点一厘米，而刹车踏板到地板的高度是七厘米，高出了一毫米，不过这倒不成问题，只要稍稍使点劲儿，刚好能塞进去。再加上铁制的扳手，鞋子也固定住了，刹车踏板也完全固定住了，不管你脚怎么踩刹车都不制动。"

"……"

"扳手应该是一开始就放在刹车踏板下面的，下面地板上是一层毡，扳手放在上面不会发生移位，然后再把鞋子塞进去，刚刚好。"

秋谷不得不承认，佐原律师说得完全没错。

“白河福太郎右脚的鞋子不是在车子掉进海里的时候因为受到冲击而脱落的，就像我刚才说的，他是出于这个目的，自己把鞋子脱掉的。这样一来，驾驶车子的就不是鬼塚球磨子，而是白河福太郎。他右脚鞋子上的凹陷以及擦痕，是往刹车踏板下面硬塞造成的，在车子冲入大海的一瞬间，因为冲击，扳手和鞋子都发生了移位，从踏板下面滑出来，散落在了车子里。”

佐原一边说着，一边朝脸色苍白的秋谷扫了一眼。

“秋谷先生，我之前不是就和你说过吗，白河福太郎右脚的鞋子还有扳手这两样东西叫我百思不得其解，对吧？这个疑点一直盘踞在我心里。我之所以说这个案子中还有东西模模糊糊的，虽然隐约有点感觉，但一时还没有形成清晰的看法，就是因为我一直就在琢磨鞋子和扳手的事，这两样东西出现在一起到底有什么联系？它们在案子里起到什么作用？这些是我当时还没有弄清楚的。”

“……”

“我说过，这模糊不清的东西一旦被我整理清晰了，我就找到了能够直接证明被告人鬼塚无罪的有力证据，事实果然就是如此。”

“可白河福太郎为什么要让刹车无法制动呢？”

深感绝望的秋谷，使出最后一点气力问道。

“我认为，白河福太郎是自杀。”

“啊？！”

“不过我觉得他不是早就蓄意好的，而是七月二十一日和鬼塚球磨子一同开车去新潟县的弥彦神社游玩后，在返回的路上突然拿定主意的……之前的公开审理中，双方的争论都围绕着事故当时开车的到底是球磨子还是福太郎，事实上还存在第三种可能。”

“……”

“被告人鬼塚对我说过，去的路上是她开的车，当时并没有发现车内有扳手，这是事实。回来的路上是福太郎开的车，扳手是福太郎偷偷从后备厢里拿出来藏在驾驶座下的。”

“可那样的话，坐在副驾驶座上的鬼塚球磨子不就发现了吗？”

“据被告人陈述，返程的时候，他们在直江津吃的晚餐，又在鱼津的服务区休息过一阵，喝了点凉的东西，是当天的晚上八点十分左右。这个警方已经确认了。我想应该就是在那时候，福太郎谎称检查一下车子，趁球磨子还在服务区喝东西的时候，自己先走到外面停车的地方，从后备厢里取出扳手，把它藏到驾驶座下面的，然后球磨子才出来坐到车上，所以她没有发现扳手。”

佐原吸了一大口气，继续说道：

“也就是说，白河福太郎下决心自杀是在从弥彦神社返回的途中，而且应该是在直江津吃过晚餐之后。就在这之前，刚刚开始下起了大雨，黑漆漆的夜晚，加上大雨，这样的天气很容易诱发人的自杀冲动。”

“可是福太郎有什么非要自杀的动机呢？”

厚厚的镜片后面，秋谷的眼底布满了血丝。

“他妻子十年前死了，唯一的感情寄托——他的独生儿子也撇下三个孙子孙女，夫妻双双在谷川岳遇难而死。孙子孙女见他又娶了鬼塚球磨子进门，对他产生了强烈的反抗，去了他们生母的娘家生活。特别是已经读中学一年级的最大的那个孙子，对球磨子一口一个‘那个坏蛋’‘那个女妖精’的，不光咒骂她，对福太郎也恨之入骨，两个妹妹也学哥哥的样，十分怪恨福太郎。福太郎遭到孩子们的众叛亲离，又孤独又悔恨……”

“可不是吗……”

“说到底，福太郎也看透了球磨子这个坏女人的本性，悔恨至极，就像他曾经向好朋友木下保倾诉的那种掉进死胡同般的绝望心境，所以一瞬间萌生了自杀的念头，我想，他是把这当作对坐在副驾驶座上的球磨子的一种报复吧。因为是突然起意的，所以事先没有写下遗书。一般来说，中年以上的自杀者基本都有一个共同倾向，就是不会留下什么遗书。”

“对球磨子的报复？”

“福太郎的算计是开车冲入大海，把这个可恶的球磨子一起拖入死亡的深渊。福太郎知道她购买了以自己为保险对象、赔偿金高达三亿日元的人身保险，受益人球磨子假如死了，这三亿日元就永远也没人能够到手了。”

“那福太郎故意让刹车无法制动又是出于什么想法呢？”

“即使拿定了主意自杀，可一旦付诸行动的时候，出于人的本性还是会畏惧和动摇的。今年春天我在报纸上读到过一篇报道，说有人打算从能登海岸的崖壁上跳海自杀，结果又不敢跳了，坐在崖壁顶上发愣，最后被救了下来——自杀的人大都会有那样的心态。”

“……”

“福太郎害怕自己驾车从货场冲向码头岸壁时会下意识地踩刹车，因为一旦刹车停下，自杀没有成功，被副驾驶座上的球磨子识破自己的意图，事后不知道会遭到怎样可怕的报复，所以他绝对不能允许自己失败。为此，他将鞋子和扳手一起塞在刹车踏板下面，这样即使出于本能踩下刹车，刹车已无法制动，对了，这就像擅长游泳的人如果想跳海自杀，会用绳索把自己的手脚绑起来再跳，对不对？也是同样的心理。”

“那他又是什么时候塞进去的呢？”

“进入 T 市之后，车子开始驶入港区通向货物编排场的笔直大道，在这之前，车子正常行驶要用到刹车功能的。”

“可是福太郎把鞋子和扳手塞进刹车踏板下面去的话，那个偷偷摸摸的样子一定会引起副驾驶座上的球磨子注意的啊。”

“你还记得球磨子在向警方陈述时说过，前风挡玻璃内侧挂满了水汽，福太郎几次叫她帮忙擦一擦，于是她拿起布去擦拭水汽吗？福太郎用右脚将鞋子和扳手塞到踏板下面就是那会儿，换句话说，福太郎为了转移球磨子的视线，才故意叫球磨子帮忙擦拭水汽的，好让她的注意力分散到别处去。”

“先生！”秋谷的声音里充满了凄哀，“先生您打算在法庭上提出这些证据吗？”

“是的，我准备把鞋子和扳手拿到法庭上，当庭做个试验来证明我的推断。被告人虽然是个可恶的女人，但毕竟还是被冤枉了的，我必须用事实来证明她的无罪！”

被正义心和成功的欲望驱使的这位优秀的公选辩护人，抑制不住激动，兴奋地说道。

佐原目送着秋谷走出办公室。然而，秋谷的背影中透出梦游一般的愁绪，佐原却没能留意到。

三天后的夜里，公选辩护人佐原律师独自留在办公室，起草题为《辩论要旨》的辩护提纲。审理终于接近了尾声。

第一节　总论

在正式进入这一“杀人案件”的辩护之前，辩护人想先就这一案件的特殊背景以及刑事审判应有的审理环境简单阐述几句，同时简单讲一下辩护人的辩论方针。

昭和 ×× 年七月二十一日晚上九点十分左右，发生了一辆普通轿车从T市新港湾码头A号泊位岸壁处越过路堤，冲入大海，导致当时乘坐在车上的白河福太郎溺死的事故。因被告人当时也乘坐在这辆车上，并且购买了因上述事故而死亡的白河福太郎为保险对象的高额人身保险，T市警察署遂以故意杀人事件嫌疑立即对这起交通事故展开了调查。

作为警方来说，展开案件调查这一行为本身并无任何不当，但得到消息的报社等媒体方面接下来的做法却不无问题。

众所周知，案件尚处在调查阶段，但媒体却已经全部出动对此进行了连续的大规模报道，并且在报道中断定被告人是出于获取高额保险赔偿金的目的而故意杀人。由于这些连篇累牍的负面报道，一时社会舆论也受其影响，形成了一股强大的舆论压力，似乎被告人确实犯下了杀人罪行。

写到这里，佐原卓吉律师停下笔，竖起耳朵辨听着，因为他听到了公寓楼梯上传来拾级而上的脚步声。他瞥了一眼桌子上的时钟：夜间十一点二十五分。

这幢公寓楼内租住的大都是企业的办公室，夜里保安会不时地上下巡逻。佐原定了定神，继续往下写：

尤其令人感到遗憾的是，辩护人强烈怀疑参与警方调查的有关人员主动地、积极地向媒体提供了案件相关信息，除了警方调查人员，外人难以掌握的信息源源不断地经媒体报道出来，这也充分说明了这个案件与众不同的特殊之处。

脚步声升至三楼，“咯嗒、咯嗒、咯嗒……”在水泥阶梯上响着。

这种先入为主的印象，也影响到之后案件的相关证人所做的证词，使得其证词与事实真相越来越远，而所有这些证词都对被告人造成了极大的不利，辩护人在翻阅签订保险合同的各家保险公司业务员的陈述时深切地感受到，这种先入为主的印象是多么强烈。本案正是在这样的外部环境之下开始法庭审理的，因此，辩护人以为至少与本案审理相关的各当事人应当摒弃所有先入之见，对于法庭上出示的间接证据一一进行认真负责的甄别，廓清事实，依据刑事审理所应当依循的法则，以冷静和理性的态度对待本案，对哪怕稍稍存在一点合理怀疑的间接证据均应当予以排除，然后才能判定被告人是否有罪，我想这一点是不言而喻的。辩护人……

脚步声来到了四楼，并没有往五楼走去，而是在四楼的走廊里继续走着，走过一共有三间屋子的佐原律师事务所门前，脚步声停在了佐原律师的办公室外。

这位公选辩护人自然不知道，已经失去正常理智的秋谷茂一站在那里，手里握着一根粗大的铁管。

基于这样的观点，辩护人的结论是：检察官所主张的公诉事实我方坚决不能认定其有效性，换句话说，检察官……

不幸的名字——藤田组伪钞事件

- 1 -

三月末的一个雨天，安田在岩见泽车站下了车。昨天夜里歇宿于札幌，今天一大早便起程离开札幌，抵达岩见泽是上午十点钟左右。

他拎着一只手提包，在出租车候车点排了大约半小时的队，由于下雨，等候出租车的旅客队伍特别长。车站前的商店街在雨中显得灰蒙蒙的，安田在冷飕飕的风雨中眺望着商店街的景象。以前去旭川的时候曾途经岩见泽，但在这儿下车还是第一次。

终于排到了，安田赶紧钻进驶过来的车内，雨丝滴在脖颈上凉凉的。告诉司机去月形町后，司机立即踩下油门，车子起步出发了，方向往西。

车内的暖气和车外的雨水给车窗蒙上了白茫茫的一层水汽，使得窗外驶过的街景也模糊了，驶过这一段街景后，道路变得又宽又直，前方大片大片的农田扑入眼帘。雨刮器在前风挡玻璃上画出一个透明的扇形，从扇形望出去，齐整而枯索的田野一望无垠，看不到一点山的影子。按地图上的标注，目的地应该是在一座山脚下。

“月形町面积很大吗？”

司机默不作声地开着车，安田从背后向他问道。

“差不多占了岩见泽的三分之一呢。这一带是北海道的粮仓，而月形町是其中的稻米集散地。除了这个，也没什么好游玩的了。

这里以前是桦户集治监[1]的所在地，曾经很有名的，不过并不是什么好地方。这位客人，您也是去参观那里的行刑资料馆的吗？”

司机松弛的眼睛，从内后视镜中盯着安田问道。

“我一眼就看出来了。这阵子，我载过好几位客人都是去那儿参观的。月形町的行刑资料馆是由町委会经营的，要是观光客人蜂拥而至就好啦，可惜这一带至今还是偏僻得很，特意从札幌再过来参观的人太少了，搞得每年都是赤字。”

听到安田肯定的回答后，司机兴致勃勃地说道。

话虽这么说，但月形町还是印制了一份类似导游图的宣传册页，还题了个名字叫“历史之乡 • 月形”，安田在旭川的友人就送了他一份。上面印着几首土屋文明写的诗，其中一首是这样写的：“久有访古心，今游囚人堡；夜车趁夜行，晓问桦户道。”

由于有着北海道集治监所在地这层因由，不管是谁总会被勾起一种对明治时代[2]的黯淡思绪。土屋文明是何时来此访游的不得而知，只是如今已不是“桦户道”，而是“月形道”了。

宣传册页上写道：“说到月形，就不能不提‘桦户集治监’。”并简略地介绍了它的历史。

1　集治监：日本旧刑法下用来拘禁被处以徒刑、流放刑以及终身监禁等重刑罪犯的设施，近代监狱的前身，约明治三十六年（1903）起改称监狱。

2　明治时代：日本自明治元年（1868）新政府成立至四十五年（1912）晏驾的这段时期，依据天皇所使用的年号，习惯地称之为“明治时代”。

明治十四年八月，在石狩川右岸须部都太地方一片未开垦的无名地（今月形町前身）上建成设置了桦户集治监，至今已有九十余年历史。当时这里只是繁茂无边的原始森林，一条大河石狩川悠然穿过其中，常年笼罩于浓密的雾霭之中。

明治政府成立后，虽然陆续完备了国内各类行政机构，但由于“佐贺之乱”“神风连之乱”“西南战争”[1]等持续不断的内乱，全国重罪犯人大量出现，而废藩置县后牢狱制度尚未成熟，牢屋设施落后且不足，难以关押数以千计的罪囚。

明治十一年经元老院提议，将全国被处以流放的重罪犯、刑期二十年以上的徒刑犯全部集中于日本各岛屿收监惩治，政府决定于北海道设置全国总惩治监，即桦户集治监，并于明治十四年八月正式建成启用。

至大正八年一月废监止，使用共计三十九年，这期间此地令所有人闻风丧胆，以致百姓间说到“穿红色囚服的坏人”，能令孩童立时停止哭泣。

然而正是这些囚犯，却为北海道的拓殖开发做出了不可抹杀的巨大功绩。毫不夸张地说，包括国道十二号线在内，道内各主要干线道路基本都是由这些囚犯建成的。“月形”的地名来由，亦源自桦户集治监的第一任典狱长月形洁的姓氏。

1　佐贺之乱：日本明治七年（1874），前参议江藤新平等人因其“征韩论”遭到反对而于佐贺发动叛乱，失败后，江藤等人均被处死。神风连之乱：明治九年（1876），熊本士族太田黑伴雄等人结成“神风连”（敬神党），反对明治政府的开明新政，趁“废刀令”发布发动暴乱，袭击当地的镇台、县厅，旋被镇压。西南战争：明治十年（1877），鹿儿岛保守派士族西乡隆盛等人发动叛乱，日本政府出兵讨伐，叛乱失败后，西乡隆盛等首领自杀。

前风挡玻璃上的雨刮器忙碌地划动着，露出一个灰暗的扇形，透过扇形望去，脚下的道路笔直地通向广袤的原野。

“司机师傅，这条路也是以前犯人们修建的吧？”

“是啊，这条路叫作桦户道路，是犯人们用他们繁重的劳动建成的……哦，路右边刚刚经过的那棵高大的榆树您看到了吗？”

安田忙回头去看，但后车窗外只见一片乳白色。

“回来的时候您可得仔细看看呢。那棵树叫作‘回望之榆’，在桦户集治监服刑期满出狱的人，都会站在这棵树下回头眺望，想念那些长年从事艰辛的体力劳动的狱友，然后沿着这条路一路走向岩见泽，所以就有了这个名称。”

北海道的集治监，是专门用来关押被处以徒刑、流放刑以及终身监禁等重刑罪犯的设施，其中桦户集治监于明治十四年八月、空知集治监于明治十五年六月、钏路集治监于明治十八年九月启用。对被处无期徒刑的犯人，会在其腰部系以铁链，下连两条长二尺的铁链，脚踝各系一铁球，每个铁球重约三点七五公斤，用以防范犯人逃跑。由于桦户集治监是北海道最早的集治监，故驱使服刑犯人从事开垦以及修筑道路等重体力劳动即是由此开始的，包括伐采原始森林、搬运粗大树木、挖掘巨石、烧荒犁地等，经过一系列开发迎来最早的拓殖移住者。这样的开垦活动逐渐向更荒僻的地方扩大开去。

这是安田阅读着的宣传册页上的一段介绍。

炎炎烈日下，凛冽寒风中，囚犯们吃力地拽着沉重的铁锁、铁球，拉锯、挥斧，用铁锹砸碎冻土，铁链、铁球不时发出沉闷的撞击声。在这些身穿红色囚服的犯人中，有一位老画师的身影——安田在脑海中想象着这样的画面。

出租车驶过石狩川大桥。桥下河水涓浅，原来河道到此有个弯曲，后改道而行，这里便成了旧河道。明治十四年那阵子，沿河边堤岸建了个泊船处，专门搬运集治监所需的物资，以至后来这个地方就被人叫作了“监狱码头”。

前方出现了一座低矮的山丘，山丘上林木密布。

“司机师傅，那座山叫什么山啊？”

“那个吗？那个叫圆山公园，是增毛山延伸过来的一部分。”

据书上说，为了防范囚犯越狱逃跑，桦户集治监特意选择在这里，前面是条湍急的大河石狩川，背面则是熊罴出没的增毛群峰，堪称是一处最理想的地方。

车子来到了月形町。不愧是北海道的谷仓地带，道路两侧坐落着一座接一座的农协专有大粮库。町内多门面大气的谷物批发店，零售店反而很少看见。

出租车驶入一条狭窄的道路，在道路的尽头，有一座旧时村委会似的老旧建筑，车子在它跟前停了下来。“桦户行刑资料馆就是这里啦！是用以前集治监的主楼改造的。”司机热心地介绍说。

眼前这栋木建筑由三座屋宇组成，呈“匚”字形，歇山式屋顶，大角度的陡斜屋顶是为了不使雨雪堆积，四面板壁因年久都已经变黑了。“匚”字形的正面入口安田只从照片上见过，仍保持着旧时的风貌。安田一下出租车，赶紧躲着雨，疾步走进资料馆。

右侧的服务窗口内坐着两名年轻的女工作人员。安田付了参观费，对方递过来一份参观指南似的东西，正是旭川的朋友赠送的宣传册页“历史之乡•月形”。

展示室非常宽敞，一个个展柜整齐地排列着。安田正蹑手蹑脚地走向展柜，忽然传来一个女声，原来是事先录制的广播讲解开始讲解了。

“各位参观者，欢迎光临北海道行刑资料馆参观，在此谨向您表示我们由衷的感谢！下面向各位介绍行刑资料馆的概要……”

广播声音很响，在安静的室内回荡开来。事实上，此时的展示室内只有安田一个参观者。

“正如大家知道的，桦户集治监是明治政府在月形町修建的，于明治十四年正式启用的监狱设施，也是全国第三处集治监。桦户集治监后改名为桦户监狱，至大正八年总共存在了三十九年。这里先后关押了大量的政治犯以及罪行严重的凶犯、恶犯，明治二十年这里成为北海道拓殖的据点，主要承担荒地开垦和道路修建等繁重工事。现在您所在的行刑资料馆这栋建筑，最早是集治监的办公楼，建于明治十九年，后作为监舍使用一直至大正八年。从大正九年起至昭和四十七年，这里改为町委会办公场所。昭和四十八年再改为行刑资料馆继续使用，到今年它已经满九十四岁高龄了。目前,这栋建筑正在申请认定为北海道的文化遗产……”

展示室四周摆列着玻璃展柜，屋子中央还摆列着几只，其间的空隙便是参观路线。

展品中有为惩治越狱及违反囚则的囚犯而使用的戒具，是拴在囚犯脚踝的重达四公斤的大铁球，防范囚犯逃跑而将两人一组铐在一起的镣锁，移送囚犯时使用的写有编号的斗笠、手铐、报时的铁钟、红色囚服，等等。

这些用来招徕观众，却让人看了心情沉重的展品，都是监署方面的展示物品，所谓监署就是集治监的管理方。

此外，还有藏青色底子的小仓织[1]上织有红色条纹的狱卒制服，同样藏青色底子的小仓织上织有红色条纹、正面缀有“守”字铜章的呢绒帽，金色条纹上缀有旭日黄铜徽章的帽子，带有波状花边袖章的看守长穿的藏青色呢绒制服，配有金色花纹帽子、金色底子上缀着两朵樱花的肩章，袖章上也缀有三道金色花纹的典狱长制服，以及各个等级狱卒穿着的斗篷状外套，这些外套又分长及膝下和短至腰部的不同制式。

典狱长用的西洋式佩刀为镀金刀柄，上面还缀满蔓藤式樱花纹样，护手也一样，皮制背带前端的卡榫为镀金圆形上浮樱花雕饰。展示柜中还分三层展出了好几把大刀，刀刃在荧光灯的照射下发出白惨惨的森光，越狱逃跑并且敢于反抗的囚犯一旦被抓获就是用这些刀将其斩杀的。

---

1 小仓织：小仓布，一种棉织布，因产于日本福冈县小仓地方而得名，其特点是厚实耐磨，多用作工作服料。

还有用来搜索夜间逃跑者的灯笼。狱卒及看守用的灯笼在笼身上绕有一道黑线，灯笼的上半部画着红色的星星，下半部画着个红色的十字；而典狱长与看守长使用的灯笼则有数道纵向的波纹。前者共五只，后者共三只，与囚犯穿的囚服以及戒具等陈列在一起，营造出一种扬威逞凶的高压气势。

展示室堪称是个明治时期的铜版画世界。

“各位参观者，桦户集治监曾先后更名为桦户监狱署、北海道集治监、桦户监狱，至大正八年废止为止前后共计存在了三十九年。这期间，接连不断关押了为数众多的罪大恶极的囚犯，包括强盗惯犯及著名的越狱犯‘五寸钉’寅吉，偕情妇一同来到桦户的‘明治鼠沙弥’根谷新太郎，擅长伪造纸币的画师熊坂长庵，浪花调里经常唱到的海盗房次郎，明治时期数一数二的女贼‘蝮蛇银’的情夫、人称‘闪电大盗’的扒手鼻祖玉木勘四郎，落魄和尚大须贺权四郎，‘守门人克星’柏熊常吉，等等，桦户集治监因此被称作‘重犯圣地’，哭泣的孩童只要一听到他们的名字立刻就不敢出声。此外，因鼓吹自由思想而受到明治政府残酷镇压的许多民权主义者也被作为国事犯关押在这里。桦户集治监专门关押被处二十年以上徒刑以及终身监禁的犯人，所有囚犯均为男性……”

讲解员的声音仍在继续，安田抬起头看着贴在墙上的一张“桦户集治监配置图”。“整个狱舍占地约五千坪，分布着监署、看守宿舍、监舍、工厂、浴场、炊事房、禁闭室（单人）、病房、训诫室、警备室、厩舍、各仓库等。狱舍的地基用混凝土加固，粗达一尺的栎树圆木整根整根地矗立着做立柱，屋子内部约八成是用木板分隔而成，包括禁闭室在内，狱舍从第一监舍一直到第四监舍，这些监舍的木板墙厚五寸、高十八尺，监舍、工厂等的四周还有一道外栅围着，外栅的四隅立着高高的瞭望塔。狱舍的修建工事自明治十三年开始，十四年基本建成，两年共花去银两九万九千八百五十日元。”安田曾经读过的《桦户监狱史话》（寺本界雄著）一书中这样写道。正对着狱舍正门的二百二十坪监署用房旧址，就是此刻安田所在的行刑资料馆。

“各位参观者，除了本资料馆，桦户集治监遗存下来的还有囚犯们修建的带有精美雕刻饰件的北渐寺、圆福寺，囚犯们植树造林建成的圆山公园杉树林、栎树林，以及因疾病和事故等未及实现新生梦想而死去的一千零二十二名囚犯长眠的囚人墓地……我们将努力做到进一步充实本资料馆的展示内容，同时使陈列更加系统化，讲解更加精细，以便参观者更好地了解这段历史。当然，这需要庞大的经费支持，恐难以很快实现，但我们希望能尽快加以充实，届时欢迎各位再次莅临参观……讲解到此结束，下面请您随意参观。”

- 2 -

安田蓦然注意到，展示室内还有另一个人轻轻的脚步声。他举目向前望去，发现是个年轻女性，穿着件藏青色的风衣，二十六七岁的样子，略圆的面孔，长长的脖颈，一头蓬松的束发。年轻女子正凑在展示柜前仔细地观看着里面的陈列物品。安田心想，大概她的同伴会从展示室的某个地方出现吧。但她似乎是独自一人来参观的。

为了避免不自然，安田竭力不与她发生视线交集，尽量放慢脚步离得远远的。然而，当他观看一件因蒙蒙细雨的天气而显得格外阴郁的展品时，却发现那位女子就在眼前，安田不由得吐了口气，感觉仿佛有一道光线从窗口射入。

挨着《桦户集治监配置图》的，是历任典狱长的肖像照。第一个镜框里的人物有张鹅蛋形的面孔，上唇蓄着髭须，两鬓是浓密的长髯，身穿将官服一般的典狱服，胸前佩戴着几枚勋章。和所有明治时代流传下来的照片一样，这帧肖像照片也已经褪成了淡褐色。说明上写着“第一任典狱长月形洁”。他不是军人出身，而是一名内务省的官吏。

明治十四年八月，于石狩国桦户郡须部都设置桦户集治监，翌年九月三日正式启用。北海道集治监是基于明治政府颁布的新刑法（明治十三年颁布）中关于将处以徒刑、流放刑的犯人集中收监于边远岛屿，即所谓设置离岛监狱设施的目的而修建的。在此之前的明治十三年四月，内务省御用挂准奏任官月形洁氏受命择选监狱位置并赴北海道，跋涉山野，先后考察了胆振、后志、石狩等地，最终选定石狩为监狱预定建造地点，十一月获允，当年冬季即开始于密林中伐采树木，以做建设之准备。俟明治十四年积雪融化，立即大张旗鼓开展工事，经过数月建设，监狱落成。大正八年监狱废置，但月形氏之名仍得以地名的形式被当地民众口口相传。

战前出版的《日本近代行刑史稿·下》（刑务协会编撰）中这样写道。《桦户监狱史话》中记载集治监的建成共花费两年时间，而在《行刑史稿》中则为数月，但无论准确时间究竟是多少，集治监是作为一项紧急且必要的任务匆匆开展建设的，这一点毫无疑问。在《桦户监狱史话》中还引用了月形氏呈报给中央政府的“月形典狱官的建议书”：

不职月形洁奉伊藤内务卿之命为选定集治监设置之地前往北海道，私以为，此地去滨海二十三里，高草密林一望无涯，一抹只缕的炊烟亦不得见……

在这样的荒僻之地设置集治监，役使囚徒们开荒垦地，改造成耕地，然后再将这些耕地转让给官吏、当地原住民，很快就会开发出三千町步[1]的大片田野，即使将来集治监移至别处，月形村也无疑仍会像整个北海道一样富饶、繁荣。何况集治监设置于此地期间，这里将会成为石狩川南的北海道第一大都会，到那时，由于往来道路交错、居民众多，较之交通不便、荒无人烟的僻地来说，更加有利于对囚徒的监视和管束。月形如此这般列举了关于选址的若干建议，并再次强调：

如上所述，教会当地住民耕种方法可举出种种益处，而若一味固守旧套，则迂腐且一无益处。是以设置北海道集治监之目的不只在收容囚犯，而更在于开拓殖民，故从今日始即应加快进行，以图改良……

从其中可以知道，内务卿伊藤博文任命内务省御用挂准奏任官月形洁为北海道集治监的典狱长，将其派往北海道，月形深刻理解自己的使命，即不仅仅是收治囚犯，而是要役使这些囚犯从事大规模的开垦活动，然后将土地转让给民间，以吸引人们前往拓殖，将当地建设成北海道首屈一指的大都市，而他在任中努力践行了这一使命。

这样说来，如今这里建设成了北海道数一数二的粮仓地带，其首要功绩应该归功于月形典狱长，正因如此，当地村民们用“月形町”这个地名来纪念他的功绩。

1　町步：日本度量衡制的面积单位，用于丈量田地和山林，一町步约合 9920 平方米，三千町步即大约 3 万平方千米。

虽然能够理解月形洁的这份热情和努力，但伊藤内务卿果真是因为赏识月形洁的才干而委派他前往北海道建设集治监，并任命其为首任桦户典狱长的，还是另有考虑呢？这是安田心里一直以来的一个疑问，尤其对后一点充满了猜测。

身后那极轻的脚步声仍旧在悠缓地徜徉。深藏青色的风衣在两排相向而立的展示柜中间无声地拂过，然后停了下来。馆内的展示品似乎对女性没什么吸引力，一般展示馆常见的女性参观者的观赏景象是粗粗地大致浏览一遍，然后匆匆离去，但这位比安田还先到的女性此刻仍逗留在馆内，好像是被那些阴森森的刑具展示品激起了好奇心。

毫无疑问，她是个观光客，感觉应该是从札幌顺道来此地参观的。略一打眼，像是东京人。不过，独自一人从札幌跑来这种地方参观的，着实少有。她看上去既像年轻主妇，也像未婚女性。假如尚未结婚的话，从事的会是什么职业呢？或许不是一般的企业，更像是出版相关的企业，但另一方面她的装束却又颇像主妇，显得整洁、素雅。

馆内除了这个展示室，还有一小间展示室，位于从拐角拐弯沿走廊一直到底的一间陈旧的屋子内，门楣上钉有一块标示牌："原典狱长室"。室内六七坪大小，这里早已没有了当年的遗痕，如今作为展示室也摆列着几只展示柜。看来，刚才那个大展示室是原先的监署办公室，而这里则是典狱长的单独办公室，这样一想，脑海中不由得浮现出监署职员抱着典狱长的裁决文件匆匆走在走廊上的身影。

第二展示室主要陈列着一些相关的文件以及囚犯们制作的作品。从磨损的褐色封面上，可以辨认出“呈送太政官 第拾柒号 明治十四年三月十八日”“呈送内务省 乙第拾伍号 明治十四年三月”“集治监事务章程 内务号外 明治十四年四月”“公文编年录”“集治监留置制度 敕令第壹佰伍拾叁号 明治二十三年八月”等文字。除这些外，还有任免文书、寄居[1]户籍簿等。

在另外几个展示柜中陈列着囚犯们制作的针线盒、杂物盒、烟盒、木窗透花雕饰以及其他木刻作品等。这些作品的制作者如果生活在外面的自由世界，他们堪称是各怀所长的匠人，或者至少是本领高强的手艺人。北渐寺是由囚犯中的造房木匠修建的，其正面搏风板的雕刻完全就是一件艺术作品。《桦户监狱狱舍内部图》中分列两侧的房舍采用了类似西洋镜的透视画法，充分呈现了狱舍内部的幽深画面。根据展示说明介绍，狱舍的门可以同时开关，而控制同时开关的装置就是囚犯设计出来的。

展示品中还有一帧色彩鲜艳的日本画的照片，画面是观音菩萨跃出波涛腾向天空。展示标牌上写着：“囚人熊坂长庵作 现藏于北渐寺。”看来是原作无法展示，所以用彩色照片替代。

作品旁边还附有说明：

作者是出生于神奈川县爱甲郡中津村的画师熊坂长庵。他因伪造国内通用的贰圆纸币，于明治十六年被收监。明治年间轰动

1 寄居：日本指《住民登记法》[昭和二十六年（1951）颁布]实施前在原籍地以外的地方连续居住 90 天以上。

一时的“藤田组伪钞事件”中的伪钞事实上皆出自熊坂之手，他用这些伪钞漫游各地、寻欢作乐（根据明治十五年十二月十八日判决书）。他自号香山，称本集治监为“桦户画窟”。明治十九年四月二十九日病死在狱中，长眠于筱津囚人共同墓地。

安田来此行刑资料馆的目的就是为了一睹这幅《观音画》，接下来他当然还要前往北漸寺仔细观赏原作，但在那之前，他想先到这里来感受一下桦户集治监的那种氛围。

观音画像的构图很不可思议。画面左右是滔天的大浪，中间是逆旋的怒涛；观音的身体位居中央稍稍偏左，右手持利剑，左手托宝珠，左胳膊略微伸向画面的中央；面长、眉开、两眼细长且望着下方，尖鼻梁，薄唇。整个面相不像是慈悲的观音，倒像是个俗世的老年女子。

观音的头部十分奇妙。头上戴着宝冠，宝冠正面饰有一串拟宝珠，还插着几株可能是莲花花瓣样的东西；螺髻像小山似的盘旋向上，至头顶裂成两半，两侧的鬓发向外夸张地支出，整个发型看上去就像是花魁界女子梳的兵库髻[1]似的；前额的发际线部分不甚分明，因而看上去仿佛有点突秃；两耳上方几缕散发像虫子似的附在鬓上；耳垂上悬吊着耳饰。观音头部的背后有一圈满月似的祥光。

观音裸露着右半边身子，脖颈上没有三道印，胳膊上缠着白

1　兵库髻：日本江户时代的一种女子发型，将脑后的头发从颈项处打旋向上梳起，绾成高高的扇形髻。因最早流行于兵库地方的娼妓中而得名。

布，白布尽头却呈白玫瑰的形状——如此臂饰可从来没见过。右手腕上的镯子垂下来几缕璎珞似的东西，感觉很滑稽。斜披在左肩上的衣服的前幅也十分怪异，白衣上缀着黑色布条，布条犹如一面面旗子翻卷地飘拂着；腰部以下有许多皱襞，下摆拖得很长，其下半部被吞没在波涛之中。

整体比例完全缺乏均衡感。这幅画与其说是无视技法和规范之作，不如说是作画人对绘画一窍不通。从两手的利剑和宝珠来看，作画人头脑中似乎有意无意装着密教六字天像的影像，因为六字天像共有六臂，其中两只手就分别持着宝剑和托着宝珠。画的色彩混合了浅黛和淡褐，还采用了晕渲的手法，但仍然掩饰不住整体的稚拙。

总之，这幅画只能说是一个道行尚浅、缺乏表现力的门外汉，在没有范本参照的情况下，仅凭一己的想象任意随性创作出的蹩脚佛像画而已。安田不禁若有所失，拎着手提包在它面前呆立了许久。

之所以若有所失，是因为有人对这幅画曾经大赞不已："它描绘了从波涛中挣脱的女佛化身，其构图堪称幽幻灵妙，静止不动就能欣赏到既像少女又像老妪的奇妙变化。观音的目光通过两个黑点呈现，营造出一种不可思议的妖氛，仿佛有种东西在猛烈地叩击着彷徨于虚无之境者的心灵。长庵这人果然不一般哪！"

这时候，广播声又响了起来：

"各位参观者，欢迎光临北海道行刑资料馆参观，在此谨向您表示我们由衷的感谢！下面向各位介绍行刑资料馆的概要……”

应该是又有新的参观者进来了。

说到熊坂长庵，很容易和讲谈[1]等曲艺作品中平安时代的大名鼎鼎的江洋大盗熊坂长范混为一谈。

旧时一富商从京都前往陆奥国[2]，熊坂长范率手下一众喽啰闯入富商半路歇脚的美浓国[3]青墓地方一客栈，将富商及一行随从统统杀死，劫走全部财物。后来，这个无恶不作的盗贼遇到牛若丸[4]，最后死于牛若丸的刀下。再后来，有关熊坂长范的故事被编成各种曲艺节目广泛流传，在明治时代，熊坂长范的故事可以说是尽人皆知。

然而，熊坂长庵却是个历史上真实存在的人物，根据明治十六年十月二十四日伴正臣法官的判决书所称，他原籍相模国[5]爱甲郡中津村十七番地，明治十五年被官府抓获，时年三十九岁，判决书中称他为“平民画师”，实际上，他是中津村小学校的第一任校长。

而他被东京都警视厅抓获，是因为警方在侦查藤田组伪钞案

---

1 讲谈：一种于传统小剧场内表演的大众说唱艺术，表演者站于台前，以扇子不时敲击台子同时用夸张的语调讲述侠客、复仇等历史故事。

2 陆奥国：日本旧国名，包括今青森、宫城、岩手、福岛各县全域以及秋田县的东北部分。

3 美浓国：日本旧国名，位于今岐阜县中南部。

4 牛若丸：源义经（1159—1189）的乳名。源义经为创立日本镰仓幕府的征夷大将军源义朝之弟。

5 相模国：日本旧国名，其境相当于今神奈川县的大部。

的时候无意中发现了他的罪行，算得上是极其偶然的捎带收获。

关于“藤田组伪钞事件”，百科辞典在“藤田组”这个条目下是这样解释的：

藤田组是由藤田传三郎（1841—1912）于明治十四年将原来的商社改组而设立的合作性质的企业。传三郎生于长州[1]萩市，幕府末年，他作为长州藩一名志士为国事四处奔走，维新后移住大阪。先涉足军靴制造，后扩展至土木建筑业、采矿业等，在关西一带建立了不容小觑的地位。明治十二年爆发伪钞事件，以近畿地方为中心，各府县陆续发现伪造纸币（贰圆币）流通于市，坊间传言藤田组的快速发展是靠大量使用伪纸币而实现的，于是东京警视厅以伪造纸币的嫌疑将其和手下重要干部逮捕，护送至东京进行严格调查。当时的大警视（相当于后来的警视总监）为萨摩国[2]出身的川路利良。

由于藤田家事业的快速膨胀以及藩阀政治官僚的腐败遭人嫉恨，这一事件很快被政治化。随着熊坂长庵被抓捕，事情真相大白，证明伪钞案与藤田组毫无关系，藤田组的事业后来不断扩张……

事件的来龙去脉大致如此。有关“藤田组伪钞事件”的详细记述，战前曾担任大审院检察官的司法专家、明治文化研究学者

1　长州：长门国的别称，长门国为日本旧国名，位于今山口县的西半部。

2　萨摩国：日本旧国名，位于今鹿儿岛县西部。

尾佐竹猛撰写的《藤田组伪钞事件》（收录于《明治秘史·疑狱难狱》一书中）是截至目前最可信的文献。

安田是仔细读了尾佐竹猛的论文后才来这里参观的。此刻，他久久地伫立在熊坂长庵所绘的《观音图》前，脑海里又浮想起论文中的若干段落。

从熊坂长庵的家中搜出他所造的伪钞共计八百一十五张，还有其他伪造用的器具等。熊坂长庵的铜版画作品曾在明治十五年举行的博览会上展出过，可见他在这方面还是颇有天赋的。

熊坂长庵被抓捕前，负责搜查藤田传三郎的是奉了川路大警视之命的中警视安藤则命。下令逮捕藤田是基于两个理由：一是从明治十一年末开始，京都、大阪、兵库、冈山、熊本、鹿儿岛等地陆续在纳租过程中发现了假钞。

其制作精良，同真币的唯一区别是（纸币上印制的图案中的）蜻蜓少了一对足，因而一般人很难分辨出来。当时有谣传，说是要用四百倍的放大镜才能发现这一区别，不过真要将图案放大四百倍的话，根本搞不清是蜻蜓的足还是其他线条，但当时政府还是大肆宣传，让人以为这种谣传是真的……

"目前，这栋建筑正在申请认定为北海道的文化遗产。各位参观者，桦户集治监……"

广播继续在为新入馆的参观者讲解。

逮捕藤田传三郎的第二个理由是，东京警视厅暗中调查藤田传三郎时，因行为不端被藤田解雇的原二掌柜、一个叫木村真三郎的人突然出现，将一份书面材料“实地录”交给警方，说这是自己记录的有关藤田家的一些不为外人知晓的内情。这份材料后来成为“藤田组伪钞事件”的首要证据。

藤田传三郎与长州藩阀官僚集团的井上馨参议密谋，由井上访游欧洲的时候在法、德两国觅工匠伪造本国纸币。明治九年十月，井上将伪造的纸币以公务文件的名义运回日本，我（木村）亲眼见到在运送来的箱子中有类似青色纸币的物品，并且还见到过一部分伪造纸币被卷藏在成捆的布匹中。我（木村）前往长崎的时候，还拿了数万日元新纸币，当时这些新纸币还没有在市面上通用。这个秘密是明治十年十一月，藤田传三郎的外甥藤田辰之助和新山阳治掌柜在藤田家大客堂间隔壁的一间屋子里告诉我（木村）的。

广播讲解仍在继续：

“……三十九年。这期间，接连不断关押了为数众多的罪大恶极的囚犯，包括强盗惯犯及著名的越狱犯‘五寸钉’寅吉、偕情妇一同来到桦户的‘明治鼠沙弥’根谷新太郎、擅长伪造纸币的画师熊坂长庵……”

突然，广播中的女性声音戛然停住，录音带好像卡带了似的，发出“嗞、嗞嗞、嗞嗞——”的奇怪声音。紧接着，广播中传出一阵高声吼叫：

“停下！快停下！跟你说了几遍还不听是吧？！”

是真人的声音，是个男人愤怒的声音。

“熊坂长庵先生绝不是伪造国币的犯人！他是个了不起的教育界的先行者！说他是伪造国币的犯人，这分明是冤枉，是明治藩阀政府的阴谋！我给你们写了好几封信，再三要求，可你们竟然还在播放这种胡说八道的录音。我今天是特意从九州跑来这里想看看什么情况的，果然不出我所料，你们还是把熊坂先生和那些强盗、海盗之类的家伙混在一起播放，你们必须把涉及熊坂先生的内容删掉，重新录制！”

用不着竖起耳朵细听也知道，怒吼声是从入口近旁的服务窗口那儿传来的。

年轻的女工作人员试图解释什么，但在激烈的抗议声前，不消说，早被凌压得无声无息了。

“叫你们馆长来！”

男子依旧不依不饶地吼着。声音略显沙哑，看情形是个上了年纪的人。大概是工作人员告诉他馆长不在，于是男子又叫嚷起来，示意叫负责的人来！叫町长或者町教育委员会会长来！安田这时想起来，桦户行刑资料馆是月形町町委会负责运营的。

从这名男子的话中可以得知，他之前应该来过这里不止一次，而且是特意从九州远道而来。他称呼伪造国币的犯人熊坂长庵为“熊坂先生”，也是颇为奇特的。

不知是因为负责的人久等不来，还是明白面对两个女工作人员再吼再叫也无济于事，男子渐渐平静下来，停止了怒吼。

过了大约两分钟，走廊上的木地板响起沉重的脚步声，第二展示室门口出现一名男子，他可能压根儿没想到这里会有人，冷不丁看见安田的身影似乎吓了一跳，瞬时停下脚步，朝安田行了个注目礼。

男子身材略矮，阔肩膀，看上去体格健壮；理得短短的头发一大半已经白了，四方形的古铜色面孔非常显眼；眼睛浑圆，鼻子扁平，厚厚的嘴唇四周长着一丛花白的髭须；身上的西服已经旧得不行。

稍一停顿后，他径直向展示柜走去，在那幅《观音图》前驻足，从口袋里取出一串佛珠，双手合十，垂下头，口中念念有词地念起佛经来。很显然，他不是在拜观音菩萨，而是面向画的作者熊坂长庵的亡灵表达他的敬意。

安田准备走出屋子，这时候那名男子抬起头向安田搭起了话。

“您看，这画画得多好啊！”

他用手指着玻璃罩子中的画作照片说道。

“观音菩萨就好像是冲破幽昧，放射出耀眼的光芒来，对吧？这光也不是常见的金色，而像是月光一样，有一种若隐若现的缥缈神韵，简直太妙了，您说是不是？画家要不是精神完全达到了纯洁无私的境界，是画不出这样的艺术精品来的。”

安田的视线随着他的手指眺望着这幅《观音图》，点了点头。感受竟然如此天差地别，根本就不便提出反驳。

“您再看看，这波涛的画法，就好像能听到波涛的怒吼声一样。这个劈开波涛向云间升华的观音菩萨，就是长庵先生的象征啊。画的着色也无可挑剔。这样的作品，那些徒有世俗声名的专业画家是绝对画不出来的！”

男子最后这句话似乎让安田略有触动。

“画这幅画的人不是专业画家吗？”

安田终于开口问道。

“不是专业画家。熊坂先生是位教育家，是神奈川县爱甲郡一个叫中津村的地方的第一任小学校长。这里的展示说明上写着，‘囚人画师熊坂长庵’，这是为了硬将先生说成是雕刻了伪钞的铜版的人才故意这样说的，这是阴谋，判决书里就是这样说的，上面写着他是‘神奈川县平民画师’。”

门口传来轻轻的脚步声，是刚才那位身穿藏青色风衣的女性，安田此时方才有机会与她视线相交。对方眼角和嘴角都泛着谦恭礼貌的微笑，朝安田微微颔首致意。当她发现这里还有另一位男士的时候，露出一丝踌躇，似乎不知道进来好还是不进来好，最后轻轻走到屋子一隅，站在展示柜前观赏起来。

但很明显，她并不是进来观赏展示物品，而是特意想听这个闯入者说些什么。证据就是，她的脚始终没有从那里移动一步。

刚才在服务窗口因为讲解录音而高声怒吼，此刻在这儿又对着安田用演讲似的口吻大声说道，长庵先生不是伪造国币的罪犯，那完全是冤枉的，等等，想必她也被他的话激起了兴趣。

男子朝她的侧面扫了一眼，大概是看到又多了一名“听众”

的缘故吧，越发口若悬河地说了起来。

“您不要误会，长庵先生是神奈川县爱甲郡中津村的第一任小学校长，这可不是我随口乱说的，就连那位在“藤田组伪钞事件”上大放厥词的名人尾佐竹猛也是认可这一事实的。这个是尾佐竹猛先生刊载在昭和[1]十六年六月出版的学术杂志《明治文化》第十四卷第六期的论文《熊坂长庵的建言》。”

他说着抖了抖拿在手上的复印材料。

“尾佐竹猛先生在文章中写道，‘明治二年五月，相州爱甲郡中津村村民熊坂长庵写了以下这份建言书’，随后介绍了这份建言书的内容，因为文词晦涩难懂，所以简要概括其要点大致如下：建言说这里乃荒僻之地，没有医院，加上乡野的医者医技拙劣，回天乏术，贫民患病致死者众多，所以，作为维新之后的一项新政，希望东京府在偏远地区建立医院和贫民院。用现在的话说就是，长庵先生是向政府建议，在没有医院的农村建立公费的慈善医院，是不是很了不起啊？直到现在，长庵先生作为一名教育工作者在中津村仍旧受到大家的敬仰。”

他换了口气继续说道：

“可是，这个在杂志上介绍这份建言书的尾佐竹猛先生接下来却写了一通莫名其妙的东西，您听听，我给您读一读啊……他说，写这份建言书的人就是日后轰动一时的‘藤田组伪钞事件’的真正犯人，他原本是个医生，起先似乎还挺正派的，向政府积

1 昭和：日本昭和天皇时代所使用的年号，自元年（1926 年 12 月 25 日）至六十四年（1989 年 1 月 7 日），前承大正，后改元平成。

极提些建议什么的，比如上面这份建言书。后来他学会了铜版刻制技术，还拿出作品去参加明治十年举办的第一届劝业博览会展出，不过经专家鉴识，技法还是稚嫩了些，所以并没有获得好评，估计是因为这个刺激，他才想到用自己掌握的技术去伪造国币。关于‘藤田组伪钞事件’，拙著《明治秘史•疑狱难狱》一书中有较为详细的记述，笔者在记述时力求做到冷静、公正地记述客观事实。但当时社会舆论一面倒地认为藤田传三郎就是假钞案的罪犯，可后来这个藤田被判无罪，而参与调查此案的安藤中警视却被免职，于是公众一致认为这是政府插手干预的结果，甚至谣传负责该案的大警视川路利良遭人毒杀，政府为了掩人耳目才弄出熊坂长庵这个幌子做替罪羊等，传得有鼻子有眼，一直到今天还有个别人愿意这么相信。但是从以上这份建言书就可以得知，熊坂长庵是真实存在的人物，笔者在此有幸披露这份建言书，也算是还他一个公正吧……”

男子用沙哑的声音一口气读完，喉结蠕动了下咽下口唾沫，又伸出舌头润了润干涸的嘴唇。

“什么叫还他一个公正？说长庵先生是伪钞案的真正罪犯，说他将学会的铜版刻制技术用于伪造国币，简直是一派胡言，还好意思说还他一个公正！尾佐竹猛先生说在《明治秘史•疑狱难狱》这本书里记述‘藤田组伪钞事件’时力求做到冷静公正地记述客观事实，完全是在瞎说！首先，长庵先生根本就不是医生，他没有做过深入细致的调查，只凭着判决书中的只言片语就自说自话地断定长庵先生是伪钞案的真正罪犯，把判决书奉为唯一绝对可信的东西，真不愧是干过大审院检察官的人哪！”

男子毫不客气地痛骂着那位大名鼎鼎的明治文化史研究专家。

- 4 -

趁他稍稍停顿，安田赶忙接过话头对这个看上去上了些年纪的男子说道："我也对尾佐竹猛先生写的有关'藤田组伪钞事件'的文章有些质疑和不同意见。"

对方收住下面想说的话，瞪大了眼睛看着安田："哦，您也这么想？"

"我主要是写一些非虚构的东西，用有些人自命不凡的说法讲，就是纪实文学作家，不过我还没写出什么像样的东西来……这是我的名片。"安田说着递上名片。

"哎呀哎呀，谢谢谢谢！这是我的名片。"

男子从西服口袋里掏出一个博多织[1]装饰的名片匣，从里面抽出一枚来。

名片上印着"福冈县立赤井高级中学校长 伊田平太郎"。不过，前面的职务用圆珠笔划掉了。

"去年年底我已经退休不当校长了，新的名片还没有印呢。"

这个名叫伊田平太郎的男子略微有些不好意思地解释道。名片上的地址是宗像郡赤井町。

"冒昧地请教一下，您和熊坂长庵先生是什么关系？"安田收好名片后问道。

1 博多织：日本福冈县博多地方出产的一种丝绸，采用细经线、粗纬线织成，质地厚实，多用于制作和服腰带、包袋等。

“噢，我的出生地也是神奈川县爱甲郡中津村，并且在那儿读的小学，后来因为父亲是政府公务员的关系，就搬来搬去地辗转于各个地方。我家乡的大前辈熊坂长庵先生绝不是那个讲解录音中所描述的伪造国币犯。我每次到东京出差，都会再绕道到北海道，然后特意到这个行刑资料馆来，每次来都要向馆长提出抗议，可是，您也听到了，那个讲解录音还是没有将长庵先生的内容删掉。所以刚才我就没忍住，冲服务窗口的两个女工作人员大声吼起来了。真不好意思，这把年纪了居然还当众出丑……”

这位刚退休没多久的九州的高中校长，伸手搔了搔那头醒目的白发，随后转身走向身后那个立定也不是走也不是的年轻女性参观者：“我叫伊田平太郎，能在这里见到您，也算是一种缘分吧！”说罢，也朝她递上一张名片。

这一突然的举动，大出身穿藏青色风衣女性的意料，她踌躇片刻，才说了声：“不敢当。”然后礼貌地深鞠一躬，恭恭敬敬地接过名片。她端详着名片上小字印的地址，但似乎有点近视，因而稍稍眯缝起了眼睛。她两眼细长，眼皮显得又厚又重。

“我叫神冈，实在不好意思，刚巧名片没带着，真是失礼了。”她抬起头来说道。

安田也仿效校长的动作，向她递上自己的名片。

她同样礼貌地致意，同时重复了一遍刚才对校长说的话：“我叫神冈……”大概是意识到先前已经和安田两人共处展示室，拉开一定距离却始终在各个展示柜前踱来踱去，她对安田的态度比起对校长的态度来多了分亲近感，之前相互间故意回避尽量不打照面，而此刻在一丝微笑中这种别扭的感觉一扫而光。挨近了看，她虽然算不上美女，但是能让人产生好感。身材细长，有矮胖的校长在旁边，越发映衬得她细挑了。

她只告诉两人自己的姓，却没有说住在哪里，所以安田关于她是从东京来札幌旅游，顺便来这儿参观的猜想并没有发生改变。至于她是家庭主妇还是尚在工作则不得而知。对方没有交换名片，但是又不能冒冒失失地张口发问。

也许她身上带着名片，如果是这样的话，可以看出她做事很谨慎，对于萍水相逢的两个男人不肯随便给出名片。

“安田先生，”校长伊田平太郎已经把刚从名片上记住的名字挂在嘴上了，“您说您对尾佐竹猛先生写的关于熊坂长庵先生的文章抱有质疑甚至反对意见，这让我很受鼓舞啊。我很想听听安田先生的见解，不过在这之前，假如不先说说我自己的看法，好像有些失礼，所以，我先把我的愚见简单说一说，你们有没有兴趣听？”

“洗耳恭听。”安田说。

“神冈小姐也愿意一起听听吗？”伊田平太郎看着神冈问道。

“啊，务请让我们聆听一下您的高见。”

这绝不是出于客套而说，从她的表情就可以看出来。本来嘛，能独自一个人跑到这个陈列着许多刑具之类的展示馆，说明对此拥有十足的兴趣。她的仪容看上去也颇知性。

“谢谢！”

伊田客气地道了声谢。说实在的，有机会把自己的想法在他人面前说出来，没等开口说他已经兴奋得喜上眉梢了。

“讲起来话就长啦，我们去那边的长椅上坐下来慢慢说吧。”伊田说着，自己先朝供参观者使用的长椅走过去并坐了下来。

“可是，等一会儿资料馆相关负责人就要过来了吧？伊田先生刚才对她们吵吵嚷嚷喊叫了一通，馆长啦，教育委员会会长啦，说不定町长还会亲自来呢，那样的话，我们可听不到您慢慢跟我们说了。”安田对伊田说。他当然没有丝毫揶揄之意。

“嘁，他们怎么会来呢？因为我三番五次跑来这里，他们已经彻底厌烦了我，又觉得我不好惹，所以都躲着我。现在才十一点吧，我们就坐在这儿慢慢聊。再说，能坐在桦户集治监典狱长办公室里，一边观赏长庵先生创作的《观音图》一边聊，这太有意思了！”

校长坐在中间，安田和那位叫神冈的女性分坐在他两旁。

窗外天色昏暗，依旧能听见雨声。展示室内，只有日光灯照射在展示柜的玻璃罩上，没有一点响声。前来参观桦户行刑资料馆的人很少，据说有时候连着两三天都没有一位参观者。

伊田平太郎似乎对长庵创作的《观音图》极为崇敬，这令安田十分困惑，不过眼下还是忍住不问得好。这幅《观音图》越看越像出自一个门外汉之手。安田的视线从《观音图》的照片上移开，眺望着一旁文献资料上的文字：“呈送太政官 第拾柒号”“呈送内务省 乙第拾伍号”“集治监事务章程”……

“我之所以坚信长庵先生是蒙冤的，是因为他这个人的人格。”伊田先生开始了讲述。“早在明治二年，长庵先生就写了封建言书，建议东京府在中津村——当时叫熊坂村——开设公费诊疗所和专为穷人提供医疗服务的免费医院，这个刚才已经提到了，在全国范围内，提出这样建言的他是第一个。单从这件事上，就可以看出长庵先生拥有人道主义情怀和高尚的人格。我小的时候，中津村的老人们都对长庵先生的高尚道德深表怀念，我的亲戚当中有一个上小学时还聆听过长庵校长的教诲呢。我自己也是从事教育工作的，所以特意调查收集了长庵先生的有关事迹，我发现他是我家乡教育界学识出众的大前辈，我的长庵先生蒙冤说也全都是基于先生的伟大人格，这一点非常重要，只有这样的人格才会让我坚持我的信念。有了这样的信念，我慢慢地自然而然就发现了'藤田组伪钞事件'相关记述中的种种矛盾之处，长庵先生的判决书中那些伪造的内容以及尾佐竹猛先生的论文中许多站不住脚的地方……"

"是呀，要想探究一件事情，就必须抱有一个坚定的信念，否则的话，只能被表面现象所迷惑，而看不到表象背后的真相。"安田赞同道。

"您说得太对了，就是这样。"伊田重重地点了下头。

"那么，关于熊坂先生的生平您了解多少？"

"熊坂村里叫熊坂这个姓的人很多，据说是昔日平家的后人流落到此而形成的村落。长庵家是村里数一数二的殷富人家，明治五年新学制颁布后，中津小学设立，长庵先生成为第一任校长，当时他才二十九岁，到明治九年辞职，他一共在职五年。熊坂村在幕府末年开始有儒学者设立私塾，长庵先生在私塾里接受的教育属于爱甲郡教育界的主流，并且非常优秀。他的绘画才能也是从那时候开始显现出来的。”

校长说到这里，抬头看了一眼《观音图》。

“有种说法是，长庵先生曾经去东京学过一阵子绘画，但是详细的不太清楚，大概没有找到合适的师匠拜师学艺吧，不过他很有绘画天赋。他二十三岁时和当地的一位女子结婚，二十九岁当上校长，这期间的六年时间不在村里，应该是游历四方吧，据说还到过长崎，尾佐竹猛说先生原先是医生的说法估计就是从这儿来的，不过那纯粹是想当然编造出来的，长庵先生和医生毫无关系。”

伊田停顿了一下。

“判决书上说长庵先生是‘平民画师’，但画家并不是他的职业，对吧？”安田问道。

“绘画只是业余爱好。判决书上把他说成‘画师’，目的在于把先生和仿制铜版伪造国币的罪犯联系到一起。可绘画和刻制铜版印版完全不是一档子事啊，铜版雕刻如果不是干了许多年的熟手根本雕不来的。”

“您这说法我非常赞同，我也是这样想的。但是，尾佐竹猛先生在《明治秘史•疑狱难狱》那本书里讲到‘藤田组伪钞事件’时却是这么说的，说长庵先生的作品还参加过明治十年劝业博览会的展出，所以掌握了这方面的技艺。”

“这里面就有疑问嘛，没有任何记载能说明长庵先生在博览会上展出过铜版画作品。尾佐竹猛先生在刚才我读给你们听的那本《明治文化》书里讲，长庵先生的作品经过专家鉴识，认为其水平低劣，没有获得好评。照这么说的话，结果应该是初选就被刷掉了，因为初选被刷掉了，所以没有留下任何记载。当然也可以认为，正因为没有任何记载，所以尾佐竹猛先生才信口开河硬说他的作品展出了。尾佐竹猛先生接下去还说什么‘因为这个刺激，他才想到用自己掌握的技术去伪造国币’。既然水平低劣，又怎么能够伪造出精巧得用四百倍的放大镜才能看出来图案中的蜻蜓只有三对足那样逼真的伪钞？那样精致的伪钞印版怎么刻制得出来呢？尾佐竹猛先生写的文章简直是矛盾百出啊！”

“我同意您的说法。”安田附和着。

“谢谢！能得到您的赞同，我非常高兴。”伊田严肃的脸上绽开了一丝笑颜。

“不过好像长庵先生还是学过一些铜版技术的，对吧？”

“当年上东京的时候跟着一位铜版画师学过大概两三个月吧，应该会些基本的雕刻手法什么的。他是个进取好学的人，对各种新事物都怀有好奇心和兴趣，没想到这倒给他招来了祸害。”

“长庵先生在桦户集治监狱中给大审院的上诉状中写道：‘学习铜版刻制仅二十日，然未尝学过印刷之术及调墨法等其他技术，故绝无可能伪造国币’……”

这回轮到安田说给两人听了。

“这个调墨法指的是印刷时油墨的颜色、黏稠度以及适应性等进行调和或调整的技术，正像长庵先生说的，仅仅只学了二十来天的铜版雕刻，是根本不可能把国币伪造出来的，这点连小孩子都明白。看来是川路大警视以及安藤中警视等人因为查办藤田组结果弄砸了，就随便找了个平头百姓熊坂长庵，把罪名推到他头上从而草草收场，这的确是一场政治审判。藤田组与政府中的那些贪腐势力有勾结，估计这就是伊藤博文内务卿以及山县有朋参议兼参谋本部长从中施加压力的结果，他们这么做，则是为了维护长州藩阀集团的政治利益，所以蓄意庇护金钱上不干不净的参议兼工部卿井上馨。当时的大藏卿是肥前人大隈重信，大隈重信在政治上和萨摩藩走得很近，所以长州藩阀的大人物们认为‘藤田组伪钞事件’是萨摩藩阀与大隈重信搞的阴谋。”

“对对，您说得没错。”

中津村出身的校长眼眶里噙着泪花说道。

安田无意中发现，那位身穿藏青色风衣的女性正在笔记本上做着记录。

- 5 -

关于“藤田组伪钞事件”，除了尾佐竹猛所著的《明治秘史•疑狱难狱》，在《世外井上公传》（井上馨侯传记编纂会编写）第三卷中也有述及。作为一部传记作品，照例将传主塑造得有百瑜而无一瑕，一副很正面、很了不起的样子，但关于这一事件的记述却颇有分寸，不失客观。在“伪钞诬告事件”这一节中，作者花七十页的篇幅做了详细记述，无非是为井上馨辩护的饶舌文字。井上馨担任大藏卿的时候，曾将秋田县尾去泽铜矿山从矿山主人村井茂兵卫手里强行夺走，先收归大藏省所有，然后转为其个人所有（当时为此事卖力奔走的是大藏省少辅涩泽荣一，后来事情闹得纷纷扬扬，涩泽不得不辞去公务员，潜心兴办实业，创立了第一国立银行等企业），由于有这段前科，世间怀疑井上与藤田组官商勾结，有见不得人的龌龊关系，也是理所当然的。

藤田组的经营由藤田传三郎和中野梧一两人负责。中野曾长期担任山口县令，明治八年十二月辞去县令，加入藤田组。藤田组在“西南战争”前后进入了经营急速扩张阶段，在世人的眼里，这一切得归因于长州出身的传三郎和原山口县令中野二人，与同为长州老乡的伊藤、山县、井上等政府高官有着不一般的交情，所以其经营才会如此一帆风顺，尤其是部分自由民权运动人士，一直攻讦藤田组的急速发展背后是官商勾结在助力。

负责镇压自由民权运动的川路大警视听到这个消息，为弄清真相，便命佐藤大警部助理展开调查，佐藤又指派部下对藤田组暗中侦查。侦查结果表明，坊间传扬的事情的确不是空穴来风。

于是川路再次指示安藤则命中警视，郑重其事地命他收集确证，为国除害。指示还说，从藤田组的经营对手以及过去几年中被藤田组解雇的人身上入手，是获得情报的捷径。

警视厅的调查，没有向大阪府警部透露任何消息，而是悄悄地暗中进行。之所以这样做，是因为当时的大阪府知事渡边升与藤田传三郎往来密切，警视厅认为渡边已经成为藤田组的重要成员，担心他会妨碍调查。

此时，第一国立银行发现了贰圆面值的伪钞，它不同于以往发现的伪钞，制作极为精良，轻易辨别不出真伪来。该行立即报告了大藏省。由于伪钞陆陆续续被发现，大藏省方面猜测伪钞的数量可能相当庞大，为是否向社会公布，引起公众注意，大藏省踌躇再三。假如公布，势必引起罪犯的警惕，还有可能丢掉抓捕犯人的线索，因此最后决定不予公布，只是秘密地进行调查。至十二月二十七日，大藏省出纳局局长伊藤武重拿着印钞局局长得能良介的鉴定书，秘密地向警视厅川路大警视申请立案并抓捕犯人。川路当即任命佐藤大警部助理为伪钞案的侦查主任，着手破案。当时，得能局长还提供了一条重要信息：这种伪钞在关西地区流通最多。

安藤中警视听信了得能局长秘密提供的信息，翌年也就是明治十二年一月派佐藤、奥村两名大警部助理赴京阪地方调查藤田组与政府要员官商勾结的情况，同时一并调查伪钞的流通源头。

在此阶段，关于藤田组违法经营的秘密调查和关于伪钞流通源头的秘密调查没有并案，是从两条线分头进行的。

佐藤和奥村在京阪地方集中精力从一月一直到三月调查伪钞的来源，但是毫无收获。两人转而想，如果不清楚伪钞在其他府县的流通情况，即无法把握伪钞在全国的流通状况，要想排查出其流通源头是件非常困难的事，于是四月便返回东京，向安藤中警视提出在全国范围内进行调查的建议。

安藤将这个意见向大隈重信大藏卿做了报告，得到许可之后，安藤即会同得能局长、绵贯中警视助理等人召开会议，商讨下一步的侦查方向，最后决定奥村大警部助理负责调查东京以北注县及北海道函馆，本田亲利中警视负责调查九州各县，佐藤大警部助理负责调查东海道各县、京阪地方、四国地方及中国地方，各有专司，即刻前往。

安藤则命中警视担任起了整个案件调查工作的总指挥，是因为上一年年末的十二月二十八日起，川路大警视出差去了欧洲，考察那里的警察制度。当时政府希望尽快完成延宕多时的修订条约、改革警察机构等一系列事项，因而亟须详尽地了解欧洲先进国家的做法为参考。但在一部分人看来，川路的西洋之行，是为了支走这个刚正难弄的人，以便让藤田组事件不了了之顺利过关的计谋。当然也有一种说法，则认为川路远赴欧洲是为了获得伪造国币的有关证据。最初日本的纸币都是政府委托德国的印刷厂印制，然后再运回日本，后来经过双方协商订立协议，德国工厂将铜版印版交给日本，日本则购置了德制的印刷机械和附属零配件，由大藏省印钞局在国内印制。因此，川路的欧洲之行除了考察警察制度，似乎也有探寻伪钞有关证据的目的。

川路在法国巴黎逗留期间宿疾肺病发作，最终死在了归国途中。由此又引起猜想，说因为川路拿到了藤田组与伪钞案有关联的可靠证据，所以被长州藩阀安插在其身边的人毒杀了。

川路大警视是明治十二年三月上旬抵达巴黎的，去程中就已经发病，到达巴黎后只乘坐马车去郊外游览过一次，其余时间都窝在酒店客房里。虽曾一度移往圣日耳曼等地疗养，但病情却是一直恶化，还出现了咳血的症状。眼看病情越来越沉重，包括主治医生在内，日本驻巴黎的鲛岛公使、高岛中将等都劝他回国。至于考察警察制度等就交由随员向巴黎警察局了解。

按照当初的计划，肩负着考察欧洲警察制度重任的川路本来还将巡访英国、比利时、德国等多个国家，至于去德国时是否会专程前往法兰克福的东福瑙曼印刷公司调查伪钞事件，谁也无法确定。即使计划要去，但对因病发一直困在巴黎寸步难行的川路来说，也无法付诸行动了，川路的随员们因忙于看护他，也像被钉子钉牢一样脱不开身。后来川路终于下决心回国，八月二十三日，鲛岛公使等人前往巴黎车站送别他，川路从巴黎借道马赛踏上归国之路，事实上途经印度洋时，川路在船上就已经陷入了昏睡状态（《大警视川路利良君传》），如此说来，毒杀一说完全是没有事实根据的谣传。

川路不在期间，安藤中警视遵命代行大警视职司，他花了很大警力同时对藤田组事件和伪钞事件进行了大规模地深入调查。

当年七月，佐藤、奥村两名大警部助理和本田中警视基本结束了在全国范围内的调查，于京都会合，交流信息，研究伪钞流通的现状。

当时，佐藤发现的伪钞计有：大阪府十八张、堺县八张、滋贺县六张、和歌山县一张、爱知县两张、高知县三张、冈山县五张、广岛县十三张、神奈川县四张、三重县一张，总计六十一张，全部都是贰圆纸币。经调查，除了爱知县发现的两张伪钞是从神奈川县流入的，其余统统来自大阪地方的客商。

奥村和本田两人的收获远不及佐藤，分别只发现了若干张伪钞，而其中大部分也是从大阪地方流入的。

根据三人的调查结果分析，估算还有为数成百的伪钞在全国范围内流通，按照佐藤的推定，其源头应该就在大阪地方。

经过大半年的调查，关于伪钞案的侦查进展仅止于此，无异于原地踏步，这让安藤中警视非常焦虑。

贰圆纸币正面的图案，正中央上半部是两只凤凰振翅相向合围着一个长条状的六边框，框内满血反白印着“金贰圆”几个粗字；凤凰的下面是两条龙面对面地拱抱着一个由五个半圆相连而成的长葫芦，葫芦内印有菱形底纹，菱形之上则以朱红色行书体叠压着“明治通宝”的字样。这是正面中央的主图案。正中央的凤凰上方还印有十六瓣菊花图案，菊花的左右各有四个饰物边复杂的圆环，环内从左至右印有篆书体的“大日本政府大藏省”；圆环下则是腰带状的装饰图案分垂两侧，再往下连接着菊花与桐花交错的图案，一直与龙尾相交。中心图案的四隅是四个以锯齿状花边围饰的勋章似的圆徽，圆徽内印有“貳”字，同时还有反白的英文字“TWO YEN”分拆成两部分见缝插针地挤在“貳”字的上下，汉字及英文字母下分别衬印着底纹，整个设计显得十分复杂繁琐。纸币正面的颜色是近乎黑色的深青色。在票面左上方还有半枚“出納頭”骑缝印，骑缝印以较整个票面稍淡的浅青色印刷，印的框边以连续的菱形图案串联而成，矩形中间密布着非常细小的“2”和“貳”字。由于贰圆钞整体呈青色，所以一般俗称其为“青币”。

纸币的背面图案是整体浅褐的底色。中间部分从上到下排列着几个大大的圆形，圆形呈连环状串在一起，环内共八朵菊花合围着“貳”和“TWO YEN”的文字，圆环外则是用“金圓”的文字以及贝壳组成的花环图案，贝壳的设计灵感似乎来源于它在中国古代就是一种通货。

中间部分的左右两个圆形中，各有一只孔雀开着满屏，相向而峙。在这个主图案的外面，还有一些复杂的纹样将中间的图案围抱着，内侧是文鸟，外侧则是六只蜻蜓张开翅膀停立着，蜻蜓的足几乎看不见。

票面中央有一方椭圆形朱印，内印篆书体的“大日本帝国政府大藏卿”几个字，排成两行，朱印内外分别以蔓藤纹样和“卍”字纹样的图案点缀、环绕，两行篆字的左右另有菊花图案充填，菊花的十六瓣花瓣略有些肥厚，看上去仿佛菊花瓣浮在圆形底纹上似的。

票面左上部露着一方深青色小圆骑缝印“記錄頭”的下半部，

可以看出“錄頭”两字及其周边的装饰花纹。票面上下方各有由“はて 5725”等日文假名和阿拉伯数字组合成的编号。

这是使用位于德国法兰克福的东福瑙曼印刷公司制作的贰圆钞铜版，由大藏省印钞局自己印制的纸币。明治政府委托该公司印制日本纸币是从明治三年（1870）闰十月开始的，印制完成的纸币从德国运回日本，所以也被称为“日耳曼纸币”。日耳曼是德国的意思。初时壹圆、贰圆、拾圆的纸币统统是由德国印制并运返日本的，后来因“西南战争”爆发，纸币的需求量猛增，于是由东福瑙曼公司制作同样的铜版送到日本，大藏省印钞局也开始印制纸币了。

然而，真钞和伪钞究竟何处有细微差异？鉴别伪钞的要点又是什么？对于这一点，尾佐竹猛所著的《明治秘史·疑狱难狱》以及《世外井上公传》都没有提及。

- 6 -

就在伪钞案的调查陷入僵局的时候，警视厅忽然接到一封告密信，这封是由原藤田组的二掌柜木村真三郎写的，题为“实地录”。信中称，“伪钞是藤田传三郎、中野梧一、井上馨参议等人合谋制造的”。对警视厅来说，这无疑就像是天佑神助一般。

木村于明治九年经井上馨举荐，由一个叫河野清助的人介绍进入藤田组就事，第二年升为二掌柜。“西南战争”爆发后，藤田组开始染指陆军的军需物资业务，随着政府军转战各地，木村也先后奔波于长崎、熊本、八代、人吉、延冈、鹿儿岛等地，为藤田组立下汗马功劳。不料这个木村竟渐渐地行为不端起来，终于被藤田传三郎解雇。换句话说，他正是川路大警视之前指示中提到的“了解藤田组内情、被藤田组赶出去而心怀不满的人”。

这里粗略介绍一下木村的“实地录”，其内容大致写的是：

“西南战争”结束那年，即明治十年的秋天，木村回到九州的总部。其时他颇受藤田传三郎器重，当年十月下旬，按照藤田传三郎的指示，木村搬进了总部大客堂隔壁的一间屋子，与掌柜新山阳治、藤田辰之助一同起于此，三人成天在一起喝酒、聊天，于是成了无话不说的好哥们儿。

十月二十六日抑或二十七日，三人在晚上商议公司事务，谈到今后打算的时候，阳治与辰之助一不小心说漏嘴，说到了伪造国币的事情。据他们二人说，藤田组对未来有着深远的规划，打算用伪钞在各地开张更多的分社，强势进入贸易、土木建设、工业制造等多个领域，今后公司内务全权委托给副经理佐伯势一郎等人打理，对外事务则由藤田传三郎和经理中野梧一亲自掌管。然而到了十一月初的一天晚上，辰之助和阳治二人又是一顿好吃好喝招呼木村，然后对他说，前些天讲到的有关公司内部的秘密，万一被别人知道就糟糕了，因此要木村发誓不对任何人提，经不住二人软磨硬泡，木村就给辰之助写下了一纸保证。“实地录”中大致写了这个经过。

此外，木村还附了一张字条，上面写着，此事只要向阳治和辰之助二人核实一下就可彻底弄清楚，假如二人矢口否认此事的话，自己愿意同他们当面对质。

此等告密行径，实是“藤田组伪钞诬告事件”产生之根源，一时轰动世间，弄得人心激愤，财界混乱，也令政府当局头疼不已，对藤田、中野二人自不待言，也给公（井上馨）的名誉造成了污损，而这样做的目的无非是为反政府分子提供一个攻击井上公乃至政府的口实而已。

《世外井上公传》特意为井上馨撇清了与此事的瓜葛。

大阪地方法院有个名叫桑野礼行的助理法官，在得到这份“实地录”后立即上京，将此事报告给安藤中警视，并将告密信交给警方。安藤大喜过望，当即派人将木村真三郎从大阪带到东京，展开了讯问。

再看尾佐竹猛所著的《明治秘史•疑狱难狱》一书中对“藤田组伪钞事件”的后续进展所做的描述：

东京警视厅的巡查一行到达大阪后，身着制服，佩带刀剑，在佐藤志郎助理大警部的率领下，于明治十二年九月十五日黎明，从大阪市东区高丽桥一丁目的私宅中将藤田传三郎带至设置于堺市南宗寺内的临时拘系室。与此同时，中野梧一、藤田鹿太郎、藤田辰之助、新山阳治、河野清助、佐伯势一郎等人也一同被拘系于此，并对藤田组总部、各地分社进行了大搜索。

可是，警方连一枚伪钞都没有搜到，也没发现与之相关的任何物证。这对警方不啻是当头一棒，简直是一大失败。查办伪钞案件却连一枚伪钞也没有发现，这案子要怎么办下去？再说这不是五张十张，而是总计数万元的伪造国币大案。那么在这场大规模的拘捕之前，警方是否掌握了确凿的证据证明伪钞出自藤田之手呢？也没有。警方行动鲁莽，缺少脑子由此可见一斑了。

拘捕行动后，流言四起，一时财界风声鹤唳，人心惶惶，财界大佬五代才助闻风对自己旗下银行所有的纸币进行了一次大检查，结果未发现伪钞，于是他以大阪商法会议所理事长的身份发表公开声明：一旦发现伪造国币，银行愿意用真币兑换回收，但无人前来兑换，这样市面上才渐渐平静下来。

但同时，对藤田组的讯问却毫无进展。佐藤助理大警部推测，既然自己及手下干部已遭拘系，眼看逃无可能，想必藤田传三郎会有所交代，于是也不向藤田解释事件的大致情况，便开始了讯问，并且直到后来仍坚持这一态度。而传三郎则从头至尾一口咬定，无可奉告，无论怎样讯问，自己不知道的事情就是不知道，没什么可交代的。

十月十六日，嫌疑人一行被押往东京，十九日关入位于锻冶桥的警视局一栋辅楼内。当时的警视厅肩负着警视局（后来的内务省警保局）的有关职责。

在警视局，由犬塚盛巍、今井艮一两位检察官列席现场，几位助理大警部对藤田传三郎进行了讯问——

问：传三郎，你与高杉（晋作）、木户（孝允）、井上（馨）、三浦（梧楼）、鸟尾（小弥太）诸公关系密切吗？如有的话，请你说说你是怎么与他们认识的。我们可是听说你与木户公、井上公有非常密切的关系，你们什么时候在哪里有过私密交往？

答：我与木户公岂止是一般的认识。我家与木户公家由来知根知底，从小就关系很好，我家亲戚里甚至有人单凭木户公的知识和品行就敢做担保，借给他钱财呢。和井上公则是一同在奇兵队从军的时候就互相视作良友的。

问：你前段时间是不是跑去长崎待了一阵？是不是因为伪造国币的事情闹得满城风雨才逃到长崎去的？你老实坦白！

答：您这话问得实在是莫名其妙……太意外了。

问：据说你的身家已经到达百万元，你老实说，你是怎么积聚起这些财富的？

答：我的身家应该还没有达到您所说的程度。我对我的企业一年只检查一次账簿，至于平时都是全权委托给经理主任等代为打理，所以详细的事情我一概不清楚。况且，藤田组自从明治八年设立、进入商界以来，一直是采用西洋人的复式簿记法记账，一钱一厘的私用都没办法。想必公司的账簿等都已经查抄了，不如麻烦请来三井银行的经理一同查一查账，那样肯定比我自己说来得更加准确，再者也可以证明我并没有说假话。

问：有人揭发你让井上馨前往欧洲制造伪钞，然后再运送到你的商社，你打算用这些伪钞做经营资本，对此你有什么解释的？

答：是谁凭空捏造出这种事情……井上公……对不起，您刚才这话令我太吃惊了，我实在不知道如何回答才好……如果说井上公制造伪币，那把他找来问一下不就好了？那样自然就真相大白了啊。我从来没有让井上公做过这样的事情，而且我对此事一无所知，完全没有印象。

如此问答，让警方完全没有了击垮对方防线的有力武器。不仅如此，通过几个回合的输攻墨守，藤田传三郎反而掌握了主动，从讯问者口中得知是原先自己的手下木村真三郎向警方告的密，并且知道了“实地录”这份东西的存在。经过数次讯问，传三郎与木村真三郎当面对质，结果真三郎在许多事情上都支支吾吾，理屈词穷，最后不得不承认“实地录”中所写的是自己捏造出来的。事情到了这个地步，整个案件完全站不住脚了，十二月二十日，藤田传三郎等人统统得以无罪释放。

安藤则命中警视向上级提出引咎辞职，后来受到免职处分，并且剥夺其位阶，追回叙位证书。而佐藤志郎助理大警部，本来警视厅内部的意向是接受其辞职，但未被允许，最后还是被惩戒免职。

木村真三郎因虚构事实，并且编造和投书题为“实地录”的告密信陷害他人，被判诬告罪，处以徒刑七十日，事情总算告一段落。其后明治十五年，伪造国币的真正犯人被抓获，犯人是神奈川县中津村的熊坂长庵，其共伪造了两千八百枚伪钞，其中两千余枚被使用流通。

判决书

姓氏：熊坂长庵

住所：神奈川县相模国爱甲郡中津村十七番地

年龄：三十八岁零十个月

上记者，于明治十二年二月前后起意伪造本国通用之贰圆纸币，继而付诸实施，尔来将其用于游荡漫游及其他诸行，直至本年被捕迄。以上事实由司法警察官经预审判明，且有高座郡田名村平民铃木熊五郎书面证实，又于其住所押收现存伪造国币并足可判定为伪造所使用各类器具用纸等，业已构成充足物证，故认定对其适用《刑法》第一百八十二条第一款，判处其无期徒刑。

犯罪所使用器具依据《刑法》第四十三条、第四十四条予以没收，其余洋纸等计十六品予以发还，此前查封之房屋地券等物悉数解封，以负担所有公诉裁判费用。

明治十五年十二月八日

神奈川县重罪裁判所

审判长 / 法官　西潟讷

陪审法官　　别役元昌

陪审法官助理　松浦久彦

-7-

窗外稍许明亮了一些。雨已经不知什么时候停歇了。

就在刚才，服务窗口的女工作人员来到第二展示室门口向里面探头张望，看到伊田平太郎与安田还有一位女性参观者挨在一起坐在长椅上，吃了一惊，连忙缩回头去。

正如伊田预料的，馆长也好，町长或是町委会的干部也好，压根儿就没有出现过。资料馆内也没有新的参观者入场。后来再没有听到广播讲解，并不是因为伊田强烈抗议的结果，而是因为没有新的参观者进来。

"你们再好好看看，这幅《观音图》……"

校长看了看身旁两人催促道。

"越看就越觉得这画画得真好。一根根的头发、利剑的柄、那一绺瓔珞，还有衣服上的襞褶，画得那么精细入微……还有观音的面孔，实在美啊，有种比喻说是一个美女漂亮得就像观音菩萨一样，这幅画把这个比喻完美地表现出来了呢。"伊田对这张老妇似的面孔居然也赞赏有加。

"长庵先生的画只有这一幅吗？"安田实在无言以对，只好换个话题问道。

“哦不不，还有好多，全都是水墨山水画，还是南画[1]的风格哩。先生有很高的汉诗造诣，所以他的每幅画上都题有汉诗。记得先生的号叫‘香山’，他的画落款都是‘作于北海道桦户画窟 香山笔’‘香山醉画’‘香山写意’之类的。把这个集治监称为‘画窟’是不是很有意思？他把这里比作深山幽谷中的仙窟了，简直是大彻大悟的哲人一般的心境啊。”

“您说的这些画收藏在什么地方？”

“以月形町这儿为中心，分散在那些老的住家家里，目前不到十幅吧，不过还会有新的发现的，这些人家的曾祖父都担任过集治监的看守长或者看守，长庵先生把自己画的作品都送给了他们。我之前拜访过这些人家，看过那些画，笔墨相当漂亮。这些人家都把先生的画作当成宝贝收藏着呢。”

“这样说的话，长庵先生即使被关押在集治监里，但还是受到比较好的照顾的，对吧？他既然能够悠闲地作画，想来不会干那些囚徒干的重体力活儿吧？”

“我想是吧。毕竟先生会作画，还是被当成人才的。想不到掌握了一技之长，还能有这样的好处呢。”

说到这里，伊田的语调陡然一变：

“可是，这一技之长却让长庵先生蒙受了巨大的不幸，他因为这个竟然被冤枉成伪造国币的犯人，后半生全被毁了。但是，

1 南画：始于日本江户中期，深受中国明清绘画影响的画派其画的总称，在学习中国南宗画的基础上又有所独创，也称文人画。代表画家有池大雅、与谢芜村等。

正像我前面就说过的，作为美术技艺的绘画与刻制印刷纸币的铜版的技艺完全不是一回事情，警方和法院不分青红皂白硬把它们混为一谈。噢，他们不是不懂，而是故意的，因为他们无论如何就是想把先生说成是伪造国币的真正犯人啊。”

“是啊。”

“换句话说，先生是这场政治审判的牺牲品，说得再准确一点，他是政府内的长州藩阀与萨摩藩阀之间权力斗争的牺牲品。警视局一开始以伪钞案做借口，对藤田组的藤田传三郎和中野梧一等展开调查，实际上，是想抓住他们政商勾结的把柄，因为藤田传三郎曾经向长州藩阀的井上馨和陆军大尉鸟尾小弥太等人行贿过。但是调查似乎对攻讦和动摇长州藩阀起不到作用，恰好这时听到藤田以及中野等人与伪造国币直接有关的传闻，于是又想用这个罪名来扳倒对手，但这一招也没有奏效，最后只好从相模国中津村弄来一个长庵先生，好歹将伪钞案件糊弄了过去。可是世人关于藤田组伪造国币，靠这个暴富的传言，却始终没有消失。”

“我认为事件的发展就像您推测的一样。”

这时候，入口的门被推开，服务窗口的那两名女工作人员各自端着一个托盘进来，一个托盘上是三只盖着碗盖的红花瓷纹样的碗，另一个托盘上是三只茶盅和一把茶壶。

“没什么好招待几位的，馆长吩咐请您三位就在这里用午饭吧！”

校长一瞬间大吃一惊，他瞪圆了眼睛，看着两名工作人员将托盘在屋子一隅的桌子上摆放好。

“馆……馆长先生在哪里？”他有点结巴地问。

“馆长在町委会开会，他让我们转告几位，实在是失礼了，还请几位见谅呢！”

“哦，这个……这个……”

校长三十分钟前还在对着两个女工作人员大发雷霆，此时面对这意想不到的热情招待，不由得惶恐不安，脸都涨红了。

“哎呀，我也沾光了……”

那个叫神冈的女性忙站起身来，冲着两名工作人员垂头致谢。

“真不好意思。其他的让我来吧，请放着就好了。”

两名工作人员带着奇怪的表情离去后，神冈便拎起茶壶开始往三只茶盅里倒开水。

“哦，让您张罗真不好意思！”校长和安田异口同声地道谢。

弯腰屈膝的她头发非常柔顺，看得出是细心护理过的。她身材高挑，即使弯着上半身，头仍然差不多和坐在椅子上的安田的胸部齐平。一副纤柔的溜肩散发着甜美的芳香气息。

“嗯，这是鸡蛋鸡肉盖浇饭，应该是从附近一家叫‘天狗会馆’的小馆子叫来的。我上次来也在‘天狗会馆’吃过饭，所以一看就知道。噢，还热乎着呢，天冷吃真不赖啊。”

伊田揭开碗盖，开心得眼睛都眯成了一条缝。

“大概是伊田先生一直对他们挑幺挑六的，馆长拿您没辙了，所以干脆给您送了点牢饭来讨好您吧。”安田一边说一边笑着撕开筷子包装。

“哦，‘牢饭’说得太贴切了，这儿是集治监嘛，哈哈哈！”

伊田开颜一笑，“我来过这里好多次了，所以和馆长早就熟人熟面了。我每次来，都要主张长庵先生是受了冤枉的，让他们把讲解录音里关于‘伪造国币的犯人熊坂长庵’的字样删除，弄得馆长也很犯难，所以今天使出了这招怀柔的手段吧。不过我可绝对不会上他怀柔的当的。”说着，他的四方脸上憋足了劲儿。

“应该不只这些，伊田先生对家乡前辈的衷心敬仰，肯定也让馆长对您充满了敬意。”

“嗯，馆长大概多少也能理解一点吧。对了，我在想发起一个为长庵先生恢复名誉的运动呢，到那时候，安田先生，希望您也作为发起人之一加入进来。”

伊田说道，脸上的神情判断不出究竟是开玩笑还是认真的。

“啊啊，非常荣幸。”安田这样回答丝毫不是出于客套。

“神冈小姐，”校长接着将视线转向正小心翼翼地移动筷子，身穿藏青色风衣的女性，“我们两个一直在七搭八搭地瞎扯，这类话题你们女性也会有兴趣听吗？”

神冈静静地停住了筷子：“我很有兴趣听呀，我还想多听你们聊些呢。”

她有点稍显厚重的眼皮下的细长眼睛眯成了一道缝，双唇之间露出虎牙，笑容非常妩媚。

- 8 -

目前通行的一般看法是，“藤田组伪钞事件”是萨摩藩阀与长州藩阀两大政治集团间权力斗争的产物。

藤田组承袭了井上馨的先收公司，但实际上公司仍然受井上馨的掌控。

描写政争题材而广为人知的曲艺作品、伊藤痴游的《藤田组伪钞事件》（收入《明治初期的疑狱》一书）中，收录了一份尾佐竹猛书中所没有的资料。这份资料是井上馨和藤田传三郎双方订立的协议，订立日期是明治九年一月。且看其中这三条：

第七　藤田传三郎同意以其家产并本社盈利及预期收入支付；公司不得转让或分与他人；无论关系如何亲密之朋友，严禁无抵押而予贷款。

第八　传三郎每月给俸百元，给俸可以分与妻子花用。

第九　商业以大阪驻军之战斗军靴制造为主，其他不可随意扩充，一律应征得井上馨之许可。

为达成本社之目的，藤田传三郎务必谨遵本社之法则及井上馨之指示。诸损益扣除清算可于每年七月、十二月两度决算，其利益变动、公债证书或银行存款及品物等可依照精细原价法核算计入账内，制成账表，一份送至井上馨所在。

对此，伊藤痴游评说道："看了以上内容就知道，井上是个对金钱十分仔细认真的人，同时也可以看出，其对人的照拂和支助简直到了烦不胜烦的地步。"

这份资料痴游是从哪里弄到手的不得而知，但内容应该是可信的。痴游是他成为职业讲谈师之后的艺名，本名伊藤仁太郎，伊藤仁太郎当时参与了自由民权运动，因此，他站在反政府运动的立场对藤田组与政府内长州藩阀高官之间的种种不当勾结进行暗中调查，并进而从适当的渠道得到这份堪称私人机密的材料是完全有可能的。

尽管表面上藤田组处于井上馨的掌控之下，但有一种意见却认为，从以上协议的表述中也可以看出，其实藤田组是井上馨个人所有的企业。

井上馨于明治维新后担任政府参与[1]，并先后出任民部大丞[2]、大藏大丞，后升至大藏大辅（次官），主要从政经历都在财政领域。明治六年，他与涩泽荣一联名向政府提出财政建议书然后辞职，其实背后的真正原因是他巧取豪夺尾去泽铜矿山而被当时的司法卿江藤新平（肥前藩出身）弹劾，不得不辞职。创立先收公司则是他下野之后的事情了。

明治八年，井上馨复归政界，朝鲜"江华岛事件"（日本军

1　参与：日本王政复古［日本指庆应三年（1868 年）倒幕派将政权从幕府将军手中夺回重归朝廷，恢复君主政体的事件］时所设置的"内阁三职"之一（另外两个官职为总裁、议定），明治二年（1869）废置。

2　丞：日本律令官制中内阁各省四等官中的第三等官。

舰在朝鲜西南海岸一带骚扰和武力示威，与当地守军发生冲突，日军登陆占领江华岛的事件）爆发，井上馨与黑田清隆一同赴日，迫使朝鲜签订了不平等的《江华条约》。以此为契机，井上开始涉足外交事务，明治九年，他肩负调查各国财政经济状况的使命赴欧美诸国，第二年回国后，即出任参议兼工部卿。

然而问题就出在他赴欧洲这段时间内。

井上从美国经英国转了一圈后抵达德国，而传言井上馨正是在德国时与位于法兰克福的东福瑙曼印刷公司签订了一份秘密协议，委托其伪造日本国币，并将伪钞运送至大阪的藤田组接收。“西南战争”结束后的明治十二年前后，社会上曾经风闻四起，认为藤田组的急速扩张得益于其伪造“日耳曼纸币”，而这两股风闻恰好互为印证。

根据《世外井上公传》（第二卷）的记述，明治九年十二月，井上利用圣诞节前后的假期出游德国，二十四日从伦敦起程到达柏林，当时日本驻德公使青木周藏（后任外务大臣）及公使馆武官桂太郎陆军少尉（后任内阁总理大臣，长州藩出身）恰好在柏林。

井上传记中写道：“其时青木欲与德国一贵妇人结婚，正频繁同本国政府交涉，为这事青木还向公（井上）征询过意见。”但只有极简单的一句话，而且井上在德国期间的所有行动也仅限于这零星几个字。

传记在为逗留德国期间的井上隐瞒什么？这其中不是没有可疑之处。既然利用圣诞节假期出游德国，但翻遍传记却看不到他向青木公使了解或亲自调查当时德国财政经济政策的只言片语。

当时的德国宰相是俾斯麦，在他的力促下，德国与俄罗斯、奥地利结成了“三帝同盟”，相互牵制，使欧洲暂时避免了新的纷争，也使得德国去除了后顾之忧，得以大力振兴经济。德国虽说幅员不大，但拥有丰富的铁矿和煤炭资源，其时俾斯麦还没有施行关税保护法，德国也还没有取得令人瞩目的急速的经济发展，这些都是稍后的事情，但其前兆业已隐隐出现。而负有调查欧美各国经济状况之责的井上馨居然对德国财政经济政策不闻不问，只是为了青木公使与德国妇人结婚的事而“出游德国”并接受青木的意见征询，随后便动身前往法国——至少根据传记的记述是这样。

但是这样的事情是无法想象的。

日本政府自明治三年起委托东福瑙曼印刷公司印制日本纸币，再将印制完成的纸币运送回日本国内，奉命调查财政现状的井上基于其职责自然应当同东福瑙曼公司接触，听取和了解纸币印制的情况。此时的井上还兼着大藏卿的职守（归国后即就任工部卿兼任大藏卿），不管是他从柏林前往法兰克福，还是东福瑙曼公司的总经理及其他高级管理人员前来柏林，井上与之一定是有所接触的，否则很不正常。

对于井上在伦敦时的行动记述得十分详尽，而对他在德国的行动却记述得过于简单，由此看来，传记在记述时一定做了大幅的省略。这就是安田读了传记之后的感觉。

这一省略并非编撰者随意为之，而是井上没有将这一段行动讲述给编撰者的结果。

无论如何，舆论是件非常可怕的事情。对于井上馨在德国期间行动的空白部分，民众本能地嗅出了某种气味。

痴游在这本书“当时庙堂怪象之种种”一节中还记述了这样一件事情：

大约是明治十二年的九月十六日，山县有朋参议在富士见町的府邸会见各国公使及阁僚，并设午餐会招待宾客。来宾之一、时任内务卿的伊藤博文参议拿出一份出门时刚刚收到的电报，内容是警视局警部跨府缉捕藤田，称：“余身为内务卿并未签发过此命令，事态殊为可疑。”此事一出，鉴于长州集团与此事难脱干系，山县参议觉得自己身上带着疑点依然列席阁议未免尴尬难堪，倒不如迅即辞去公职，是非曲直交由法庭判明，于是竭力提出辞职。在此过程中，伪造国币案件变成了违法经商事件，违法经商事件又变成了商业贿赂事件，商业贿赂事件又变成了花纸牌赌博事件，局面一点点发生眼花缭乱的变化，最终没有查出任何犯罪案件，阁议议定对当事官吏予以问责、加以惩戒，终于各方太平无事，庙堂上也重新风云无迹，唯大藏卿大隈重信参议以机密费的名义特批了一笔特别支出作为调查伪造国币案的费用，这当然是基于职分的正常行为，但下令警视局前往大阪执行缉捕显然是越权滥职的行为。

根据这段记述，伊藤内务卿对于其掌管之下的警视局（警视厅）前往大阪搜查藤田组一事，直到接到那封电报为止，丝毫不知情，川路大警视是在没有得到直属上司内务卿（内务大臣）的命令和默许的情况下，擅自前往大阪秘密搜查并缉捕藤田组的。当时执行的虽然是安藤中警视，但这一方针却是川路出访之前定下的。

山县有朋参议（参谋本部长）从伊藤口中听到缉捕藤田组后，脸色骤变，觉得自己带着疑点列席阁议未免尴尬难堪，不如辞去公职，是非曲直交由法庭判明，因而坚决要求辞职，这似乎可以理解为是一种不打自招，恰好暴露出藤田组与山县、井上等长州藩阀官僚的串通勾结。

此外，大隈批准支出调查费用作调查藤田组的费用，暗示了这场大张旗鼓的搜查及缉捕背后，有意图推翻长州藩阀的肥前藩阀在推波助澜。至于对这笔特别费用的支出，特意点出“是基于职分的正常行为”，似乎别有深意。

不清楚痴游是从什么渠道获知这一阁议信息的，估计也是通过民权运动得到的吧。

从以上这份资料可以看出，“西南战争”后，萨摩藩阀与肥前藩阀的大隈重信（他是反长州集团的）联起手来，试图以藤田组事件为“炮弹”攻击长州藩阀，有把柄在身的山县被弄得狼狈不堪，至于井上、鸟尾等人想必比山县更加慌张势煞。

伊藤意识到此事关系到整个长州藩阀集团的利益，于是着手扑灭藤田组违法经营引出的麻烦。对伊藤而言，长州藩阀的没落意味着明治政府的垮台，估计伊藤使出浑身解数对大隈展开说服工作，而大隈到最后也知道了事情的原委。

最终伊藤的纵横捭阖取得了成效，以伪钞案的调查为突破口，以“没有发现有力证据”，借口警视厅搜查藤田组总部及各分社一无所获对安藤则命中警视等人给予惩戒，警方意图从藤田传三郎处搜出可以证明其与井上之间行贿受贿事实的如意算盘落了空。处于明治政府的绝对强权之下，官吏也只能徒叹奈何。

后来，违法经营事件变成了花纸牌赌博事件，大事化小，小事化了，终至云消雾散。过后，对藤田组的内幕再清楚不过的中野梧一在家中举枪自杀，永远闭上了嘴。想到这里，安田不禁联想起这与当代的政界贪腐事件是多么相似啊。

回过头来看，不管是大隈的回忆录还是《公爵山县有朋传》，对于“藤田组伪钞事件”都只字未提，《大隈伯昔日谈》《大隈伯百话》《大隈侯昔日谈》等也丝毫没有谈及。那样喜欢饶舌地讲述自己过往旧事的大隈重信，对自己任大藏卿时代所发生的轰动一时的著名事件，一句半句都不提起，这实在非常奇妙。安田继续在想，这其中的不自然，假如从上述角度去解读的话就很好理解了。

但是，为什么熊坂长庵会被当作伪造国币的犯人而逮捕，并被判处无期徒刑，送解到北海道的第一座集治监——桦户呢?

那是因为，虽然藤田传三郎被宣布无罪，但是社会上关于“藤田组使用伪钞来进行经营扩张”的传言依旧难以消除，政府无论如何需要找到一个伪造国币的真正犯人，从而为“伪钞事件”彻底画上句号。

可为什么偏偏是相模国爱甲郡中津村的原小学校长熊坂长庵成了牺牲品呢?

由原来的典狱长办公室改造成的第二展示室内，三人已经结束了午餐，身穿藏青色风衣的女性手脚麻利地收拾了碗筷，又给每人的茶杯里续上热腾腾的新茶水。窗外的天色又转暗下来，室内墙上挂着的第一代典狱长月形洁的肖像画也顿时变得昏暗起来。

“因川路大警视之死和安藤中警视的惩戒革职，警视厅内川路的直系人马几乎全部被清扫一空，我估计后来的警视厅大概是秉承了伊藤内务卿的指示，很快就开始着手物色作为假钞案真正犯人的人选，当时的警视厅豢养了许多密探，熊坂长庵应该就是被这张密探网网住的。”安田说。

“什么理由呢？”伊田嘴里发着声音啜了口茶，随后慢悠悠地问道。

安田回答：“长庵先生喜欢到处浪迹，在村子里待不住……”

“不错，我也调查过，明治九年一直到明治十年，整整一年，长庵先生从中津村跑出去也不知道去了哪里。不过安田先生，长庵先生不过是喜欢旅行而已，并且外出旅行期间到各处参观游览，提炼绘画主题，就是这么回事嘛。”

伊田一字一句说完之后，安田继续说道：“可是，这也是他被警视厅盯上的理由之一，就因为这样的经历，才能说他在外面学习了伪造国币所必需的铜版雕刻技术，并且明治十年还向劝业博览会提交了自己的铜版画作作为展出作品。事实却是，长庵在什么地方，向谁学习过铜版画雕刻技术，在审判记录里一个字都看不到，说他向劝业博览会提出作品也没有任何证据。换句话说，他仅仅以一个‘画工’的身份就伪造了国币。这是川路大警视之后继任的人干出来的。”

“川路利良之后的大警视是谁？”伊田问。

“是大山岩。”

“哦，是萨摩藩阀的人啊。既然那样，照着川路的调查路子继续追查下去……”

“可是，您看他日俄战争期间担任满洲军司令官时的表现就明白了，大山是个做事缺少条理、不得要领的人，简单说就是脑子愚笨，不像川路那样精明，而且与长州藩阀间的对抗意识也不那么强烈，所以我猜想，大山大警视与伊藤、山县以及井上等长州藩阀的头面人物达成了妥协。”

“那大山之后是谁？”

“您等一等，我翻翻笔记看一下。”安田说着从提包里取出一个笔记本，“是桦山资纪，后来的海军大将、海军大臣，也是萨摩藩出身。从他那时候起，改叫警视总监了。”

“再后面呢？”

“第四任警视总监是大迫贞清，后来当过鹿儿岛县知事、锦鸡间祇侯，萨摩藩出身……第五任是三岛通庸，后来担任福岛县知事的时候大搞道路建设，他镇压河野广中等人的民权运动那是尽人皆知的了，他也是萨摩藩出身……第六任是折田平内，后来当上贵族院的议员，萨摩人……第七任田中光显，此人虽是土佐出身但属于亲长州藩阀的……第八任园田安贤，萨摩出身；第九任山田为暄，萨摩出身；第十任是园田安贤再任；第十一任是西山志澄，土佐出身；第十二任是大浦兼武，后来大正四年第二次大隈内阁的时候，他作为内务相因强力干涉总选举而恶名远扬；第十三任安乐兼道，第十四任又是大浦再任，第十五任安立纲之，他们都是萨摩出身。”

“嚯嚯，这么说大警视、警视总监几乎全都被萨摩藩阀的人占据了？”

“这是西乡隆盛参议将萨摩藩的士族都安插进了军队和警视厅的缘故，从那时候起就是这样的格局了。不过从第三任桦山资纪开始，基本上都和长州藩阀妥协了，甚至有的还充当其爪牙呢。所以对‘藤田组伪钞事件’的调查后来就再也没有人提起过。”

“真是不可思议啊！”伊田校长满腔愤慨，“听您的这番介绍，敢于和井上、山县、伊藤等长州集团的阴谋做斗争的，只有川路大警视一个人！可惜啊，他死得太早了，假如他能长寿的话，藤田组的违法经营事件一定能够大白于天下，长州集团也会受到重创。更重要的是，熊坂长庵先生也不会蒙受伪造国币这种冤屈了啊。”

“是啊，长庵先生真的是不幸得很哪！”

“您对警视厅的事情非常清楚啊！”

“哪里哪里，我刚才说的历任大警视呀、警视总监呀这些人名，都是从《警视厅史》这本书中看来的……对了，说到《警视厅史》这本书，它里面对‘藤田组伪钞事件’有简单介绍，概括来说，它的结论就是，熊坂长庵被捕的时候，因为他的名字和戏曲里的熊坂长范太相像了，所以世人都认为这个所谓的真犯人实在有点牵强，而这个疑窦始终没有被解开。”

“可不是嘛，人人都这么觉得呢。”

伊田平太郎晃动短短的脖颈点着头，随后抬头盯着安田的脸认真问道：“您看起来知识很渊博嘛，那些描写熊坂长范的戏曲都说了些什么啊？我对这些不是很清楚。”

“哦，这个嘛，我倒是看过些书查了查。以一代大盗熊坂长范为主人公的戏叫《初雪物见松》，是享保年间的第二代并木五瓶写的，其后由江户市村座的第一代松本幸四郎饰演长范。后来一个叫西泽一凤轩的人加以补充改编，将戏目改成了《熊坂物见松》，天保八年二月起在大阪的各个剧场上演，后来又被加以改编，戏目也改叫作《熊坂长范物见松》，由江户中村座的第四代中村歌右卫门饰演长范，在中村座上演。幕府末期，以这个人物为主人公的戏曲经常上演，所以明治时期的人对熊坂长范这个大反派人物都非常熟悉。”

“戏的大概情节是怎么样的？”伊田皱着眉头问道。

“主要故事情节是从《义经记》中袭取的，说的是江洋大盗熊坂长范原本是加贺国熊坂地方的人，他率领一众喽啰趁夜色闯入美浓国赤坂地方的一家客栈准备杀人劫财，不料正好撞上大英雄牛若丸，最后死于牛若丸刀下。还有一种则是说，美浓国青野原有一片松树林，树高六十尺，长范爬上松树，向东西四五里外远望，依据往来人马的行进姿态判断出其所携财物的重量，然后命手下抢夺这些财物。戏目起名叫《熊坂长范物见松》估计就是从这里来的。每个戏上演的内容不尽相同,但有一点却是不变的,就是那伙强盗头子的名字始终是熊坂长范。”

“熊坂长范和熊坂长庵，只差一个字，对长庵先生而言，这个戏是相当大的困扰呢。”身为同乡的伊田情不自禁地发出叹息。

这时候，身穿藏青色风衣的那位神冈女士肩头微微抖动，轻轻咳嗽了几下。

伊田转头望了望她，她略微一低头，细声细气地说道：“不好意思。刚才安田先生说到熊坂长范的戏曲的事情，其实谣曲中也有一首就叫《熊坂》，它比江户时代的戏曲历史还要古老悠久，据考证，很可能是室町时代的世阿弥作的呢。”

“噢噢。”

“不瞒您二位,我其实有在学习谣曲,最近恰好在练习这首《熊坂》，所以我知道的只不过是从谣曲书本上的解说中看来的，现学现卖的。”

“谣曲中的熊坂长范也是个江洋大盗吧？”

“没错……说有个游方僧来到美浓国的赤坂这个地方，夜晚正通宵读经，熊坂长范的幽灵突然出现，对着僧人忏悔自己所做过的坏事，讲述了自己和手下一众喽啰夜袭住宿在这家客栈的澳洲金货商人吉次，结果却被牛若丸杀死的经过，恳求僧人替他回向[1],说完就消失了,大概是这么个情节。这首谣曲的内容来自《平

1 回向：佛教指将自己所修功德施向别处，或为死者祈冥福。

家物语》和《义经记》，一直传唱到现在，我想它比起戏曲的《熊坂》应该更加有名吧。”

“看看，与赫赫有名的江洋大盗就一字之差，太容易搞混了，父母给起了这么个名字，才弄得长庵先生遭遇这意想不到的不幸啊！”

相模国爱甲郡中津村出生的老校长再次发出了叹息。

“不过，一方面，世人看到这样的名字认为他就是真正的罪犯；另一方面，当时就有不少人认为弄个名字像是戏曲里的大反派，这是警视厅编造出来的，这种传言还很有市场哩。

“就是我刚才提到的，在《警视厅史》这本书中也写到了。

“可是那个尾佐竹猛却拿自己发现长庵先生担任爱甲郡中津村小学校长时所写的呼吁设立村医院的建言书这事做文章，在学术杂志上发表论文，得意扬扬地称长庵先生不是捏造出来的，而是真实存在的人物，至于长庵先生是怎么掌握伪造国币技术的，却完全不去调查。”

“您说得没错，关于这点尾佐竹猛先生一丁点也没有提及。”

安田翻看着笔记本继续说道：

“有关当时纸币印刷方面的事情，我稍稍做了一点调查，假如您二位不觉得无聊的话，我就概要地介绍一下？”说着，将目光投向伊田和神冈两人。

“那样就有帮助了，您快说说！”

“应该很有趣，您就说给我们听听吧。”

两人异口同声地说。

“那好。您二位先看看这个——可能你们也知道吧，这是明治五年至三十二年流通的日本纸币。”

安田从提包里取出一帧彩色照片递到伊田的手上。

“嗯，我以前只见过照片，但是彩色照片还是第一次见。嗯嗯，上半部分是两只凤凰站立两旁，围着正中的‘金贰圆’这几个字；下半部分两边各有一条龙，中间是‘明治通宝’红字。对了，整体是用青色色调印制的，怪不得被称作‘青纸币’呢。哎，这最上面还有骑缝章的‘納頭’两个字呢。”

伊田凝视着照片喃喃道。

“这是骑缝章‘出納頭’的下半部分，您再看背面。”

伊田将照片翻转过来。

“这面整个是浅褐色的。上面和下面都有大大的圆，圆内是‘贰’字，还有‘TWO YEN’的字样分成两行排列在‘贰’字的上下。票面中央是‘大日本帝国政府大藏卿’的朱印。哦，上面和下面的大圆四周装饰着蜻蜓图案，一、二、三……一共是六只蜻蜓。据说这蜻蜓的脚如果少一对，只有三对的话，就是伪钞，对吧？”

“那只不过是世间一般的说法。事实上，蜻蜓的脚排列得很杂乱，根本看不清有几对。如果用四百倍的放大镜看的话，画面又过大了，什么也看不到了。”

“是啊，蜻蜓少一对脚之类的只不过是世间以讹传讹不负责任的说辞而已。哦，这左上方蓝色的……嗯，这是篆体字，看不太清，好像是‘錄’吧，只印着‘錄頭’两个字。”

“那是骑缝章‘記錄頭’的下半部分。”

“这么看的话，无论是正面还是背面，这图案还有底纹都非常精致呢。”

“菊花纹章、‘金贰圆’、凤凰和龙这些图案是手工雕刻的，其余那些极其复杂的底纹全都是机器雕出来的。这就是明治政府委托德国东福瑙曼印刷公司印制的日本纸币，俗称‘日耳曼纸币’。”

伊田将照片拿给神冈，神冈接过来凑近仔细地观看起来。

“确实制作非常精致，对于之前只见过印制粗陋的藩币、太政币以及大藏省兑换券的普通百姓来说，也难怪要惊得瞪大眼睛了。这套纸币从最高面值的一百元到最低面值的拾钱一共是九种面值，中间的贰圆半改成了贰圆。”

“明治政府推出这套新纸币，是‘废藩置县’[1]之后，全国开始走向统一的缘故。”

“是的，国币推出后将全国各藩随意印制的藩币统统兑换回收了，一方面加强中央集权，另一方面也是为了防范出现伪造，所以才设计制作了如此精致的图案和底纹，照理说，这样精致的纸币再也伪造不出来了啊。”

“是呀，这么精致的纸币伪造起来真的很难啊。”

“政府为防范伪钞真的费尽心思了呢。之前的藩币就有很多

1　废藩置县：日本明治政府于明治四年（1871）七月实行变革，废除了全国各藩，统一为府县，史称“废藩置县”，此举结束了长期以来的封建割据局面，真正建立起了中央集权统治，为此后的进一步改革和发展资本主义经济奠定了基础。

伪造的，大藏省兑换券则随着货币价值升高，不光是国内，连国际伪造集团也在暗中纷纷蠢动，就是因为纹样过于简单了。而这套‘日耳曼纸币’的纹样简直复杂到了眼花缭乱的地步，就是防止再有人仿造。还不只这些，政府还让东福瑙曼公司在每一枚纸币上印上编码，正面的‘明治通宝’几个朱红色的字是纸币运送回日本后，大藏省印钞局请来一批书法精湛的能人一枚一枚当场手工书写的。当然这只限于一开始那阵子，后来实在无法持续，才改为雕成铜版文字印上去。”

“什么，一开始是手写的？！纸币的数量那么庞大，那写起来不得要命啊！”

“是要命，但这样做都是为了防范伪造，是看到外国纸币上都印有银行行长的签名，跟外国学的。还有骑缝章‘出納頭’、背面的‘大日本帝国政府大藏卿’的朱印以及骑缝章‘記錄頭’，这些一开始也都是由工人手工盖上去的。”

“这么麻烦怎么跟得上实际需要啊？”

“从明治十年第三批纸币由日本在国内印制开始，之后的票面上‘明治通宝’以及两个骑缝章都改为雕刻成铜版后直接印上去，前者是一个叫武川希贤的雕刻师雕刻的，后者是聘请了一个叫金德尔的英国人雕刻的。不仅这样，从那时开始，明治政府还从德国东福瑙曼公司那里拿到了铜版印版，大藏省印钞局开始自己印制了。”

“从德国那里弄回铜版自己印制，是不是意味着整套印刷机械也都是从德国弄进来的？”

“印刷机械是在那之前两年（明治七年）就向东福瑙曼公司订购的，并且在大藏省印钞局安装调试完毕，完成了所有准备工作。当时的纸币头，就是后来担任大藏省印钞局局长的得能良介是个很了不起的人，他认为日本的纸币在外国印制有损国威，所以一直坚持要在日本国内印制，当然这必须拿到德国雕刻的铜版印版才能做到。得能良介在鹿儿岛出生，与大久保利通、西乡从道等人关系非常密切。”

“什么，得能也是萨摩藩阀的？”

伊田平太郎眼中露出一股可怕的凶光。

- 10 -

“但是这精巧至极的‘日耳曼纸币’也存在缺陷，”安田继续说着，窗外依旧天色明亮，听不到雨声，“那就是从一百元到拾钱的九种面值纸币，图案和颜色全都一样，都是凤凰、龙，唯一的区别就是‘圆’和‘钱’的数字不同，而且字也不够大，一般的人很容易把它们搞混。”

“是啊。”

“再有，纸质也比较单薄，很容易破损。到了明治十年，诞生了由日本自己设计和雕刻铜版的纸币，是明治政府于明治八年聘请的一个意大利铜版雕刻师、画家爱德华多•乔森设计的，图案是惠比须财神。不过，外国纸币上大多画的是国家元首的肖像，画个财神好像不太协调，所以后来改成了神功皇后的肖像。票面上的神功皇后长着一张希腊人的面孔，那是乔森凭他自己的想象画的，也没有办法。”

“乔森，是不是为西乡隆盛和大久保利通画肖像画的那个？”

“就是他。他还为有栖川宫炽仁亲王、大山岩、大山岩的夫人、川上操六、得能良介等人画过肖像呢……他对明治画坛有很大的影响……政府的目的是采用乔森画的神功皇后肖像的纸币，好让伪造变得更加不易。‘日耳曼纸币’和神功皇后纸币一起在市面上流通，一直并用到明治三十二年为止。”

“为了防范有人伪造，政府也是费尽心思啊。”

“我刚才说的这些，都是依据《大藏省印钞局百年史》里面的内容，还有《得能良介君传》这本书里都详尽地记载了得能局长以及其他人为了防范犯罪分子伪造国币而如何巧思苦想，几乎用尽了一切办法，尤其是得能担任纸币头的那些年，是他最伤脑筋的时期，一部纸币印制的历史，同时就是一部伪钞防范的历史，这样说一点也不为过。”

“哦，还有《得能良介君传》这样一本关于他的传记？”

“是大正十年，以当时大藏省印钞局长的名义编撰的，传记嘛，自然少不了歌功颂德的文章，不过即使打点折扣，得能良介还是一个了不起的人物。”

“你说他是萨摩藩出身？”伊田的眼里仍存着一丝疑虑。

“得能的经历简要来说，他是出生于文政八年（1825 年）的萨摩藩士，维新那阵子他和同藩出身的西乡隆盛、大久保利通、小松带刀等人一同为国事奔走。他的长女嫁给了西乡隆盛的弟弟西乡从道，所以两人是翁婿关系，和大久保利通也是很好的朋友。明治新政府成立后，他担任过大藏省大丞，明治四年被任命为出纳头，明治五年，因为工作上的事情和当时的上司大藏省候补三等士官涩泽荣一发生争执，并且动了手，结果被免职。事情的源起是得能对涩泽引进的西式复式簿记法看不惯，双方在大藏省内发生口角，得能将涩泽摔倒在地，骑到他身上打了他几下。涩泽觉得毕竟是在办公场所，不是村野匹夫斗殴的地方，故而挨了打也一直忍着没还手。得能就是这样一个性情刚烈的人，他女婿西乡从道半开玩笑地数落他几下，他也会怒从心头起，抡起手杖就朝西乡砸去，结果手杖砸在墙上折断了。”

“真是个性情中人啊。”

“也因为他这样的性格，所以担任纸币头期间，他大力推动纸币发行以及相关的技术开发、管理、新设及增设工厂等一系列工作，并且取得了成功。《得能良介君传》中写道，当时他因为动手殴打涩泽被免职，但是三个月后就被任命为助理司法大检察官兼司法少丞，明治七年一月又重返大藏省，就任纸币头，那时他已经五十岁了。从那时候起一直到五十九岁人生谢幕为止，整整十年，他以极大的热情和卓越的见识、出色的指导力，一心一意地投入到印钞局的建设和技术开发中，在很短的时间内就使得大藏省印钞局以大印刷局的名声响彻中外，被称为‘创业之鬼’。”

安田一边翻看着笔记本上抄写的文字一边说道。

“您说到这个得能纸币头费尽心思防范伪钞，又有什么故事在里头啊？”

“这个防范伪造假钞大致可以分为纸币制造的技术和工厂管理两个方面，涉及许多复杂的层面，说起来就话长啦。”

“哦，神冈小姐，”伊田望向左首的女性，“想不想听安田先生继续往下说啊？不过可能会稍稍花些时间呀。”

“好啊，我反正接下来也没什么安排，就是返回札幌的酒店而已，我真的很想继续听呢。”

神冈从伊田的身影后面探出头来，脸上露着期待的神情。

“看看，神冈小姐也这样说了。我觉得这事儿和长庵先生伪造国币的谬传可能会有点关系，为了洗清先生的冤情，很想听您再多介绍一些，也好做参考呀！”

“是吗？那我就尽量简短地挑重点说，不过如有讲得不好或不清楚的地方还请多多包涵。首先，只要印制纸币就一定会有相应的伪钞出现，这一点必须要有心理准备，得能局长一开始就具有这样的认识。根据他的传记……”

《得能良介君传》对他是这样描述的：

明治十年十一月十七日，天皇行幸印钞局工厂，视察了印钞设施以及制版、印刷、抄纸（将纸浆制成印制纸币用的纸张）等各个生产流程，得能局长亲自担任讲解。当天，他在上呈的奏文中提到了防范伪造假钞的重要性。

纸币乃是实际有价物品的等价符号，它所记载的价格（面值）代表了它的信誉，故此，制造纸币从一开始就应当竭尽一切努力和方法防范对其进行伪造，否则假钞百出，势必失去人民的信用，最终阻碍真币之流通使用。

防范伪造纸币，单纯依靠相关工作人员的常规管理和技术手段是很难取得效果的，务必使相关人员以非常之责任心来对待，或以非常之机械，或以非常之技术，否则很难收到防伪之实效。此前本局所印制的太政官金券、民政省金券兑换券（皆为旧币），均由于上述原因而无法杜绝伪造发生。

故此，本局特委托日耳曼国印刷所印制大日本帝国新纸币。其彩纹之精美致密，观者无不赞赏，并称“从此无伪造之虞”。然而仔细检验却发现，新币所用纸张仅考虑到印刷之适，纸质仍脆弱有余，强韧不足；且券面为追求墨色美观而不能保证着色长久；至于铜版雕刻完全由机械完成，虽达到了致密的效果，但反而更易模刻。凡此种种问题，均易产生赝伪描改之弊。究其原委，盖非因技术拙劣、机械不备，唯在于防赝保久之精神淡薄所致，故若不培养非常之责任心，防赝之术亦难尽其能。亦即制造纸币须从其一切相关环节：制版、印刷、抄纸、印刷成品包装、捆包等，所雇之员工务须对各自担当工作充满热情及责任心，否则势必难以杜绝伪造之发生。

——得能局长在其上奏文中是这样阐述的。

《大藏省印钞局百年史》中还谈到了真伪纸币的鉴别方法。

明治九年，纸币寮（明治十年一月纸币寮更名为纸币局，翌年十二月再更名为印钞局，因此，得能先后担任的官职相应为纸币头、纸币局局长以及印钞局局长）聘请了一名叫查尔斯•波拉德的美国石版雕版师。石版印刷是以油脂性的墨在石版石（主要成分为碳酸钙，产自德国，日本则用大理石代之）上作画，再用酸性树胶和水进行处理，利用油水相斥原理使得只有油性墨着笔之处被腐蚀形成印版，然后将纸平铺其上便可以进行印刷的一种平版印刷技术。原先石版部隶属于纸币寮的制版部，聘请波拉德之后，波拉德教会了员工石版技术，自那以后，石版部就归属到了雕版部下面。

之前纸币寮下设的石版部门，是为了作为一个“假想敌”临摹铜版印版制成纸币赝品，并以此与雕刻部门、制墨部门以及印刷部门等共同探讨、研究，从而找出合理的防伪方法而设立的，而不是为了直接使用石版来印制成品。然而，随着石版技术的习得日益熟练，越来越了解到其独特的长处，当初的设立目的也随之发生了根本性的改变，以聘任波拉德为契机，纸币寮开始采用石版技术印制一般印刷品以及艺术品……波拉德的指导也日益深入、精致，明治十年二月，印制出了纸币精图；同年七月，技师石井重贤通过石版多次刷色成功印制出彩色绘画作品，在掌握石版技术方面已经展现出飞跃性的提高。

而在此五年之前的明治五年六月，尽管处于严格的监视之下，却依旧发生了印制完成但尚未来得及押印（“明治通宝”印、券面正面的“出納頭”骑缝章及被后面的“記錄頭”骑缝章）的共计一百枚伍圆新纸币丢失的事故。在当时发给各相关方面追查丢失的半成品纸币的公文中，提到了真伪纸币的鉴别方法：“纸币寮的制品采用精良油墨印制而成，即使以温水漂洗仍不会褪色，而仿造品以温水漂洗后，用手指轻轻摩擦即可褪去。”（据《大藏省印钞局百年史》）

“这么说来，大藏省对防范伪钞一直是很用心用意的呢。”校长听到这里忍不住感叹道，随后他提出了一个疑惑，“票面纹样设计得那么复杂的‘日耳曼纸币’仍然有被仿造的危险，所以从印制第三批新纸币开始，得能纸币头把铜版从东福瑙曼印刷公司要回来，放在大藏省纸币寮来印制，这不但事关国威，而是在日耳曼印刷的纸币一旦在别处印上‘明治通宝’几个字以及骑缝印，就等同于真币了。换句话说，这样做也是为了防范在德国伪造了日本新币再运回日本来，对吧？”

“嗯，是啊，所以会有传言说是藤田组找人在德国伪造日本国币，然后运回自己商社吗，因为只要在印好的‘日耳曼纸币’半成品上加印红色‘明治通宝’和蓝色骑缝印就可以了，确实可以很容易在德国伪造成功。”

“正是。”

这时安田又从提包里拿出另一帧彩色照片，放到伊田手上。这帧与先前那帧照片上的贰圆“日耳曼纸币”正面、背面都一模一样。

“您看看，这张是伪造的假钞。”

“啊，这张是假钞？！”

伊田一只手举起那帧真钞的彩色照片，另一只手举着假钞的彩色照片，眼睛凑到跟前，交互凝视着。

“真让人难以相信啊，”他揉了揉眼睛说道，“看上去一模一样嘛，到底哪里不一样呢？”

“先说正面。中央上半部分的菊花纹章，您看从中心向外扩展的放射形花瓣的线条是不是有点歪？”

“嗯，果然，仔细看的话确实有点歪斜呢。”

“凤凰的顶上没有毛，看上去是不是像只斗鸡？”

“嗯嗯。”

“凤凰胸口的毛也比较粗，真钞的线条相比起来更加致密。”

“嗯，听您这么一说，还果然是呢。”伊田一边将两帧照片的相同部分对比着一边说道。

“再看下半部分的两条龙，真钞的纹样细密，所以整体显得更黑，假钞因为纹样稀疏所以看上去颜色发淡，是龙背上的龙鳞部分和腹部的纹样少了的缘故。”

“还真是。”

“还有手写体的红字‘明治通宝’，虽然和真钞非常相像，但是笔画略微粗了点，感觉有那么点臃肿，而真钞上的字更加清瘦。假钞上的‘金贰圆’这几个字也不那么漂亮。”

伊田顺着安田手指的地方，一边看一边不住地点头。

“还有这个‘出納頭’骑缝印，真钞的椭圆形上饰纹都看得清清楚楚，假钞的饰纹就显得有点模糊。”

“没错，有点敷衍了事的感觉。”

“再看背面。‘記錄頭’骑缝印的地方同样模糊不清晰。”

“是的是的。”

“您仔细看看中央的红色‘大日本帝国政府大藏卿’印两边的菊花……”

“哎，是不一样！”伊田仔细凝视着照片的细部，高声叫了出来，“真钞上的菊花边的纹饰线条粗，假钞上的这个要细一些，陷没在蔓藤底纹中间，使得菊花一点儿也不明显了。”

“这是背面最大的差别。”

神冈从一旁使劲凑近来端详着照片，浓密的头发几乎要贴上校长的脸颊了。

“可是安田先生，无论是票面的正面还是背面，真钞和假钞的底纹看上去一模一样啊，像这样复杂精致的底纹是怎么做到和真钞一模一样的呢？”

“正面的菊花纹章、‘金贰圆’文字、凤凰、龙、‘明治通宝’红字、‘出納頭’骑缝印，背面的‘大日本帝国政府大藏卿’的朱印，还有‘記錄頭’骑缝印，这些都是手工雕版制作后印上去的，复杂精致的底纹和其他几何图案都是机械雕刻的，所以，从手工雕刻的地方才能分辨出真假来。”

铜版雕刻是在一定尺寸的铜版上涂布防蚀剂（用的是进口的Jungfern Wachs，白蜡掺入松香而成），然后使用刻针等在上面绘出图案线条，刮去后露出铜底，再用腐蚀液进行腐蚀，涂有防蚀剂的地方腐蚀液渗透不到铜表面，刻针刻有图案线条的部分则腐蚀液渗入铜版表面留下深深的凹痕。这便是手工绘制出来的凹版。

轮廓线及用作底纹的几何图案称为彩纹，是用精密灵巧的雕刻机雕刻的。同样也是先在铜版上涂布防蚀剂，然后依靠雕刻机前端的钻石针头雕出轮廓及各种几何图案，这自然就是机械雕刻。就这样，底纹部分采用机械雕刻，其余图案则靠徒手运针雕刻。一般而言，纸币、邮票、有价证券等的印制模版都是这两种铜版雕刻方法结合在一起运用的。

用这种方法制作出来的最初的凹版称为原版，从原版复制成印刷用的印版，需要采用铜电铸法，利用电解原理将原版复刻下来，再在表面镀一层铬。根据《大藏省印钞局百年史》记述，明治十年开始采用一种叫“电胎法”的制版方法，即是指铜电铸法，另外，书中所记从德国购置的“花纹雕刻机械”就是今日所称的雕刻机。

这本书中还记述，明治七年日本从德国东福瑙曼印刷公司购进的印刷机械，共计被打包成四十二个货柜，通过船运发送至横滨港，其中的机械品目包括：打样机，用于印前打稿；缩放仪，用来放大或缩小图形和纹样的仪器；单一押印机械，这是用于在新印制的纸币上加盖各种图案的机械，等等。此外，还有铜版彩纹雕刻机。

“我读了那本《大藏省印钞局百年史》，大致就记得这些。”安田向二人大概介绍了书的内容。

“这样说来，纸币的底纹手工模仿不出来，是要用雕刻机雕刻的，那是不是意味着，假钞的底纹也是同一部机器雕出来的？”伊田提高了声音问道。

“正是，所以真钞和假钞的底纹是完全一样的。”

“这样的雕刻，长庵先生能做到吗？不光是他，就当时来说，纸币底纹的机械雕刻民间能完成吗？”

“这个嘛，我想是极其难的。因为这种机械都是从德国进口的，当时民间还没有这类机械呢。”

“呵呵，”伊田的眼睛里露出两道怒光来，“光是这一点，不就再清楚不过地证明熊坂长庵先生不是伪造国币的犯人了吗？！”

“不错，我也这么认为。”

“安田先生，您对这‘日耳曼纸币’调查得这么详尽，我真是佩服得无话可说了，不过，这张贰圆假钞您是怎么弄到的啊？”

“实物我手上也没有，我只是在一家出版社的杂志上看到刊登有这样一张彩色照片，就向他们借了来翻拍的。那家出版社不肯告诉我是从哪里得到的，只说不便讲，估计是某个收藏家私人秘藏的吧。”

“这照片上的假钞就是长庵先生伪造的贰圆国币？”

“这个不敢十分肯定，不好说。昭和八年出版过一本《伪币通货》的书，里面的彩色插页中有一张和这张一模一样的照片。那本书的编纂者是位伪钞研究专家，好像还是警保局的特约作者，那张照片的说明中标着：‘这枚假币为熊坂长庵的作品，明治十三年在关西地区被发现。’”

“这就奇怪了，太奇怪了！作为一位伪钞研究专家，也不做技术上的细致研究，光听社会上的传闻就断定长庵先生是伪造国币的犯人！”伊田瞪大了眼睛说道。

神冈从伊田手上接过彩色照片，专心致志地凝视着。

“伊田先生，我刚才说的还只是铜版印刷技术方面的，除了这个，还有印刷油墨、纸币专用纸张的开发等，总之，得能局长同技术人员一道从各个方面入手，进行了大量划时代的努力，其中一个就是防伪技术。用纸方面，他专门建了一座印钞局的造纸工厂，并从越前地方招来许多专门从事和纸、抄纸的技术工人，然后进了大批黄瑞香木材生产特制纸。越前自古以来就是和纸的主要产地，至今还生产奉书纸和蛋壳纸[1]，明治维新政府成立后，太政官的公文用纸也是那里生产的。自从有了这种特制纸，原来产自德国的轻薄易破损的纸币就少了许多呢。”

“这张照片上的假钞用的也是那种特制纸吗？”

1　奉书纸：一种用桑科植物的纤维加米糨糊或白土后手工抄制的高级纸张，纯白，质厚而柔软，一般用于礼仪活动。蛋壳纸：以雁皮为主要原料制成的一种优质纸，纸张呈鸡蛋壳颜色，因而得名。

“哦，这个光看照片而不看实物的话就不好说了。不过，想想明治十二三年的时候这假钞就已经出现了，应该用的不是那种高级的特制纸。”

“这样说的话，凭手感也能鉴别出真假了？”

“那倒也不是，即使真钞使用的也不是那么像样的纸啊。因为‘西南战争’爆发后，为了保证战事费用的供给，政府增发了大量的不兑现纸币[1]。”

“西南战争”期间，以面向华族的金禄公债[2]为基金而设立的国立第十五银行，从发行的纸币中借用了一千五百万元，这笔钱本该作为用来兑换回笼破损残缺纸币的备用金，但是却被直接用做了战事支出。由于政府的军费支出日益膨胀，以致出现了滥发不兑现纸币的情形，总额庞大，难计其数，纸币局（正是从这年起纸币寮改为纸币局）的纸币印制量也大大增加，并且往往需求十分紧急。明治十年七月，大限重信大藏卿任命得能良介为纸币局局长。

遵照这份任命，得能主导印制的国币共计：

拾圆面值币六十万枚（い、ろ、は、に、ほ、へ、と字编号的各八万枚，ち字编号的四万枚），贰圆面值币二百七十五万枚（从

1　不兑现纸币：政府或国家银行发行的不能兑现成黄金白银的纸币，其购买力源于政府的权威和信誉。

2　金禄公债：日本明治政府为减轻财政负担，同时充足国库，推出一项金融措施，即定向发行公债，将华族及武士等的俸禄全部置换成公债，成功地废除了长期以来实行的俸禄政策，促进了当时的经济发展，这一公债被称为金禄公债。

い字至れ字共十七个字母各编号各十六万枚，そ字编号三万枚），壹圆面值币八百五十万枚（从い字至さ字各编号各二十四万枚，き字编号十万枚）。——据《大藏省印钞局百年史》

以上所有纸币都是采用从德国东福瑙曼印刷公司送返日本的原版印制的。

但这些仍不够。十月末，政府又命令印钞局加印票面总计两千万元的纸币，其中拾圆面值币一千万元、贰圆面值币八百万元、壹圆面值币二百万元。两次开印共计印制四千万元的国币，但实际上印制的远远超出这个数字，达到了四千四百四十四万余元。随着“西南战争”结束，这样恣意印制的国币也总算收场。这场大肆印制国币的行动中，大部分的国币印制都集中于明治十年。

正是这些急急印制的国币，其所用的纸张出现了问题，因为高级特制纸的制造显然跟不上这样急得如风似火的需求。

《得能良介君传》中，收录了其旧时部下的回忆：

明治十年，“西南战争”爆发，涉及军务的费用不足，当年五六月间，松方正义大藏大辅下令印制一批储币备用，说是若在某日之前不能送达前方，战事将难以为继。情况特殊，为完成指令，工厂连续四五天彻夜开工印制。由于当时工厂设立未久，印刷人员多为新手，虽意气风发但连续的高强度工作使得人人疲惫不堪，动辄有原地后仰倒地者，甚至因不能控制而发生无意冲突之事。

某次，接到指令要加急印制一批贰拾钱面值的国币，而纸张只需普通用纸即可，就是说使用机械抄制的就可以。因为之前上面对防范伪钞要求特别严格，甚至说如果出现仿造的伪钞，就要切腹谢罪，年轻工人们坚信不疑，因而认为贰拾钱币使用普通纸张不符合防范伪钞的要求，于是我和木村、高木三人向三浦部长反映，坚持国币印制纸张的重要性，是防范伪钞的第一道关卡，然而现在却要我们使用普通纸张，这到底是怎么回事？当时已是晚上十点左右，我们又提出要向得能局长反映这一问题，三浦部长回复说可以，你们反映吧。三人来到局长办公室已是夜晚十一点，局长惊讶地问我们这么晚来有什么事情？我们向他报告说，今天接到命令要加急印制一批贰拾钱面值的国币，但是却要求我们使用普通的纸张，然而防范伪钞的第一步就在于纸张，普通纸张达不到要求，万一有人起心想要仿造也不是不可能的。局长指示说，纸张非常重要这是毫无疑问的，所以我们才自己设立了造纸部门，只是考虑到成本，加上这次如此紧急，使用普通纸张也是不得已啊。我们三人仍再三坚持印制国币怎么能使用普通的纸张呢，不想局长拍着桌子大声喝道：你们都是印刷部的人，不好好关心印刷的事却关心纸张的事做什么？！看到局长极度愤怒、凶暴的样子，三人只得悻悻地匆忙而回。

——原印刷部部长助理山路良三的回忆

“这段回忆，说的虽然是贰拾钱票面国币的事情，”安田说道，“但随着前方战事需要，为了确保军费，大量印制国币，同时又大都是紧急任务，所以实际上不仅仅限于贰拾钱，伍圆、贰圆、壹圆等各种面值的国币毫无疑问都使用普通纸张印制过。因为当时各种面值的国币是分散在多处印制的，恰巧负责印制贰拾钱币的三名工人发现了这个情况，所以向得能局长反映了使用普通纸张印制的话有可能会被犯罪分子仿造。根据这个情况，采用普通纸张印制的贰圆真币大概占了全部流通真币的三分之一，所以单凭票面的接触手感，真钞、假钞是很难区别的。”

“换句话说，单单从使用的纸张这个角度来看，假钞大肆流通的明治十二年那阵子，要想伪造国币还是比较容易的。”伊田平太郎似有所悟地说道。

“是的，就是这个意思。”

“那么，到底是谁造的这个贰圆假钞呢？从您的话听来，国币的底纹是彩色雕刻机机械雕刻的，民间无法雕刻出那么复杂的铜版印版，那么……那么说来，伪造的犯人会不会是纸币局内部的人？把铜版印版偷偷拿出去在外面印刷？”伊田看着安田的面孔，压低声音道。

“这个不大可能。好不容易从东福瑙曼公司弄来的原版，那可是最最金贵的东西了，肯定是由负责铜版的纸币寮雕刻局局长放在金库里严加看管的。”

“嗯，那倒也是。”

“得能纸币局局长是非常重视内部管理以及各部门之间技术保密的。他从担任纸币头的时候起就制定了严格的工厂保密守则，规定工厂各部门的作业一律按机密作业处理，禁止不同作业之间的交流，等等，非常严厉的……这是我从前面提到的那本《百年史》里抄录下来的规定，您看看……”安田指给伊田看一段抄录下来的文字：

纸币头：关乎印刷技术要领，不得经工厂厂长，须由纸币头直接向职工下达作业指令。

工厂长：除纸币头所掌握之秘要，应概知工厂三局（雕刻、化学、制版）所有一般技术要领。

雕刻局：掌握原版制作、印章制作等所有一般技术要领。

化学局：掌握本局分析、制液、制墨三部的所有一般技术要领。

制版局：掌握原料纸、制版、检验等相关技术要领。

雕刻部：负责担当打样机运用、图案绘制及缩放样等制作原版之所有技术操作。

凸版部：负责担当制作凸版之所有技术操作。

凹版部：负责担当制作凹版之所有技术操作。

电铸部：负责担当运用电沉积与分离制作印版之所有技术操作。

修饰部：负责担当印钞用纸及成品整饰之所有技术操作。

铜版部：负责人工使用蒸汽机械对印版细部的精细绘纹进行清理加工之所有技术操作。

……

“哇！这个真了不得呀，全部分工明确，各行其责。”校长读了之后不禁惊叹道。

“这里面写的好些技术用语，以我们现有的知识还弄不清楚呢。总之一句话，用现在的话来说，这就是所有环节都蕴含了大量绝密技术的一所印钞厂呢。看看这样的管理，内部的人要想把原版偷偷拿出厂外，简直是无法想象的。”

“这样说来，确实如此呢。”

“还有，”安田继续说道，“工人们进出印钞局的各个工厂时，都必须在门前接受脱衣检查，否则就无法进出。先要在证件室递交自己的名牌换一张通行牌，然后在脱衣室脱光衣服，连衬裤都不剩，然后从一根距离地面大约五十厘米的红色大粗圆木上跨过去，检查员站在一旁严密监视着，防止有人夹带东西。离厂回家的时候还得接受一遍检查。”

“我从书上读到过，江户时代在金银座（制造金银币的场所）干活的人都是这样的，没想到明治时代的货币局，仍然是这个样子啊。”

“这个绝对称得上侵犯人权，所以大藏省也看不下去了，发出劝告，希望禁止这样的做法，但是被得能局长拒绝了，仍坚持这样做。”

“得能良介这个人，可真是个一条道走到黑的家伙。”

“所以他被称为工作狂嘛。不过，他也有细致入微地关心体贴人的一面，他以前的那些部下在《得能良介君传》这本书中有提到的。虽然作为一本传记，赞美之词肯定是少不了的，但好像他这个人确实是这样……说到工作狂，从掌管纸币寮的时候起他就规定，女工进出工厂也一样要从红色的大粗圆木上跨过去。”

听到这里，神冈不由得双目低垂。

“什么，女工也要？”校长显得很吃惊。

“当然是可以穿着贴身衬褂和短内裙，而且是由女工监督负责在一旁监视的。”

“这不是封建时代遗留下来的做法吗？”

“纸币寮录用女工的条件是限于年龄十八岁以上、四十岁以下，还设了女工监督负责女工的管理，称为‘目付’和‘小目付’。”

“‘目付’‘小目付’，这都是幕藩时代的称呼呀。”

“是啊，大概他当时还没想出来合适的名称吧。统管小目付及以下员工的是目付，得能纸币头意识到目付的作用非常重要。当时他录用的目付中有一个是他曾经的下属，纸币寮少属宫尾矫的遗孀宫尾梅子。明治六年，宫尾少属出差前往九州办理藩币兑换的途中，在福冈县遭遇民众暴乱，结果陷于暴民的包围之中，他不得已自杀了。”

“为什么藩币兑换会碰上当地暴乱呢？”

“当时，福冈县一带遭遇了罕见的大旱，田里的稻子全都枯死了，加上年年有增无减的物价上升，使得农民陷入生活极度贫困的境地，眼看就要饿死人了，农民的痛苦和不满终于爆发出来，化作对新政府的怒气。于是，先是一小部分农民揭竿而起闹起了暴动，闯入财主家和有钱人家抢夺财物，捣毁家舍，很快这股暴乱就蔓延至全县一大片地方。恰好那时出差去办理藩币兑换的宫尾一行人正在福冈前往小仓的路途上，和暴民不期而遇，当时暴民们正一个劲儿地蜂拥往县厅而去，见到宫尾一行立刻叫道：‘是政府官员，打死他们！’暴民们操着竹制的枪将他们团团围住，宫尾刺死一名暴徒后，终因寡不敌众，退至附近一座寺庙内，切腹自杀。因为这件事情，后来得能就把他的遗孀招进纸币寮，让她担任了目付，算是对殉职者家属的一点帮助吧。”

“这就是得能讲人情的一面？”

伊田的脸上挂着一丝不屑，他似乎有很多话想说。然而，一旁的神冈却情不自禁地流露出感动的神情，只不过安田和伊田两个人都没有注意到。

“对先前殉职的部下家属施以援助的记述，《得能良介君传》就只有这些，不过说到福冈县的民众暴乱，在《大藏省印钞局百年史》中倒是发现了一点有趣的记载。”

“哦，什么记载？”

“您看看我抄下来的这段话：接到暴乱急报的福冈县厅于明治六年六月十八日命典事月形洁、助理大属小野新路率领修猷馆（藩校）的学生队前往镇压，又命典事大谷靖率领学生队及士族队紧随其后接应……”

“等等！等等！福冈县厅命典事……”伊田猛然打断了安田的话，“谁？”

“典事月形洁。”

“月形洁，莫非就是这个桦户集治监的月形洁？”

“正是，桦户集治监的第一任典狱长。月形洁是福冈藩的士族。”

伊田平太郎的眼神与神冈的眼神会合在一起，两人都显得一脸茫然。随后，两人不约而同地抬头朝这间原典狱长办公室的墙上挂着的月形洁的肖像画望去，画中的月形洁两颊蓄着虬髯，佩戴着金色肩章，像个将军似的。

“真是想不到，在这里竟出现了这座集治监第一任典狱长的名字。想方设法防范伪钞的得能纸币头，其旧时的部下不幸死于福冈县的民众暴乱，没想到这场暴乱中出现了桦户集治监第一任典狱长月形洁的名字，而被认为是伪造国币的真犯人的熊坂长庵先生被判处无期徒刑，偏偏就关押在月形管辖下的集治监中……哎呀呀，这世上各种各样的因果宿缘交织纠缠着，人间万事真是说不清啊！”校长感慨着说道，那语调有点像在模仿戏曲中的念白。

神冈用轻柔的声音附和着：“确实就像伊田先生说的那样，人和人的关系像是被一根看不见的线牵着，怎么会牵到一起的真是太不可思议了。”她感慨了一下，又接着说道，“对不起，安田先生，我又要扯回到之前的话题上了。您刚才提到，有一种观点是‘西南战争’后大量印制国币的乃大藏省印钞局的内部人，我很想听听接下来会是什么结论，哪怕是推测也好，有没有个明确的说法呢？”

“这个嘛，关于内部人所为这一点，即使是推断或者纯粹是瞎猜，也没有一个明确的说法。”安田看着神冈那张看上去充满知性的面孔答道，“我刚才也提到，纸币局下面的各局各部都将有关技术视为机密，为了确保机密不向外泄露，互相之间根本没有交流。而且所有的人，管理人员也好，工人也好，甚至包括女工，进出工厂时都要脱衣，从大粗圆木上跨过，接受非人道的严苛检查，在这样的情况下，连一小片铜版也不可能带出工厂。任何一个解谜高手对此都束手无策，想不出究竟是怎么回事。”

“是吗？”

神冈露出一丝失望的神情。安田见状，便半是安慰半是打趣地说道：“其实呢，我自己也试着做了一些推理，当然啦，说是推理，不如说只是一种猜测，甚至说猜测还不如说是接近胡思乱想的臆想，您不妨以这种心理准备听过算数就好啦。”

“快说出来让我们听听！”神冈细长的眼睛里露出了光。

“嗯，好想听啊。”伊田也在一旁附和道。

“刚才说过，纸币寮内部也会用石版制成国币印版，我记得应该是这样说的……之前纸币寮下设的石版部门，是为了作为一个‘假想敌’临摹铜版印版制成纸币赝品，并以此与雕刻部门、制墨部门以及印刷部门等共同探讨、研究，从而找出合理的防伪方法而设立的，而不是为了直接使用石版来印制成品。”

“没错，是这样说的。”伊田的眼神里充满了紧张。

“就是说，为了找到鉴别纸币真伪的最佳方法，纸币寮内部用石版试制伪钞，还要尽可能仿制得逼真，接近真钞，当然这样做的目的还是为了找出真钞容易被仿制的弱点，然后真钞再根据这个进行不断改进。等于是真钞、假钞在进行一场‘攻防战’，通过这样来练就识别真假钞的火眼金睛。当然，这些工作是由制版、化学分析、印刷等各环节的相关技术人员共同秘密进行的。他们被分成真钞班和伪钞班，相互挑毛病，互相攻击，然后一起研究商讨对策，以此来提高防范伪钞的技术。设立石版部门是为了这个目的，这个很有意思。”

“当时采用石版印版，已经能够印制出非常精巧的纸币吗？”神冈问。

“应该是没问题。我前面也说过，明治九年至十一年，纸币寮聘请了一名叫波拉德的美国著名石版雕版师，他把这门技术教给了工人，当时已经可以用石版印制美术绘画作品了，可见技术上已经取得了巨大的进步。”

“这么说，是内部的人将防范伪钞用的石板印制的假钞偷偷带了出去，明治十二年前后在市面上流通开来的？”神冈不解地问。

伊田打断了神冈的话：“可这样做难度非常大啊。离开工厂的时候不是都要接受脱衣检查的吗？一张也不可能带出去呀。”

“不不，伊田先生，那只是针对一般员工的规定，至于高级管理人员是不需要接受脱衣检查的。”安田解释道。

“是吗？高级职员不受这个规定约束啊，那么偷偷带出去还是有可能的啊。”

“可是，这一推测也有硬伤。首先，毫无疑问，对试制的伪钞内部是有严格管理的，偷偷带出厂绝不是轻而易举的事情。其次，用原版复制成石版，然后采用石版印刷印出来的票面线条清晰、色彩鲜艳，因为石版也是一种平版，印刷出来的画面效果非常好，所以才能用来印刷美术作品。但是我刚才拿给你们看的贰圆面值的‘日耳曼币’假钞，从照片上就看得出来，线条有点模糊不清，个别地方甚至线条还有断的，石版印出来不是这样的，因为它是平板印版，印刷油墨厚重，印出来的线条应该更加深、更加粗，行家把这个叫作‘线条萎了’。所以说，贰圆假钞不是石版印制出来的。”

- 13 -

“那么，最终还有什么能想到的可能性呢？”伊田急不可待地问道。

“于是，我也试着朝各个方面都设想了许多，”安田看了一眼手上的假钞照片说道，“最后只能大胆猜测了，应该是坊间的铜版雕刻师照着真钞的样子仿制的，除了这个，实在想不出还有什么其他可能。”

“这么猜测有什么根据？”

“您这么问，我还真不大敢说了。不过，《得能良介君传》中收录了天皇明治九年前往纸币寮工厂行幸视察的时候得能纸币头的上奏文，我先前也读给您二位听过，其中一段这样写道：‘……铜版雕刻完全由机械完成，虽达到了致密的效果，但反而更易模刻。凡此种种问题，均易产生赝伪描改之弊。’换句话说，照得能的话来理解就是，真钞上面复杂精巧的彩色底纹虽然是使用雕刻机雕刻的，但因为其致密有规律，所以反而容易模仿，有被仿制的危险。”

“当时的民间铜版雕刻技术有那么先进了吗？”神冈柔声问道。她手上依旧拿着笔记本，时不时地用圆珠笔记下一点什么。

“应该已经相当先进了。当时不仅有松田绿山、柳田龙雪等有名的铜版雕刻师，他们还有不少弟子呢。《大藏省印钞局百年史》里面写道，在前面提到的乔森将欧罗巴的铜版雕刻技术带到日本来之前，他们一直在纸币寮工作。像这种铜版雕刻师，那可绝对拥有名人工匠的好手艺啊，用机械雕刻机雕出来的彩色底纹虽然致密复杂，但假以时日，用手工也是能雕出来的，得能纸币局长担心的彩纹越复杂越容易被人仿制，其原因我猜想就在于此。”

“就是说，是这些铜版雕刻师雕刻了明治十二年前后流通于市的贰圆‘日耳曼纸币’假钞的铜版印版？”

“这事我觉得松田和柳田这样的名匠是不会做的，但他们手下那些技术出色的弟子确实有可能会做，不过，这一猜测也有两个疑惑无法解释。首先，面值贰圆的假钞被发现的一共有两千张左右，就这些数量的话，要雕刻这个国币的正反面印版似乎太不划算了，因为正面和背面各印刷有一种浅色底纹，主图案和底纹得分两次印刷，加上正面和背面的红色版、两枚骑缝章的蓝色版、编码的深青色版，全部加在一起一共得雕刻九块铜版印版，是很费时、费力的啊。”

“这倒是。”伊田搔着白发点头表示赞同。

“还有一个更大的疑惑是，雕刻师能够将致密的彩色底纹雕得和真钞一模一样，难分真假，可为什么主图案中却无法模仿得更逼真一些呢？刚才你们看过假钞照片了，菊花纹章花瓣的线条出现了歪斜，凤凰和龙的线条也比真钞粗，还有背面的‘大日本帝国政府大藏卿’的朱印两旁的菊花纹样，真钞的纹样边缘厚粗，假钞则比较细。技术如此稚拙，真不敢相信竟然能模仿雕刻机雕出来的印版。”

“确实如此。”神冈说着，又盯着假钞凝视起来。

“所以分析下来，这样精巧复杂的彩色底纹只能说是用机械雕刻的，因为它和真钞真的是分毫不差，再有名望的好手也雕不出这样精巧致密的纹样。”

“您说是机械雕刻的，那当时民间也有从德国购置的彩纹雕刻机了吗？”神冈歪着细长的脖颈问道。

“这个也几乎是不可能的。因为彩纹雕刻机的价格不是一般人能够承受得起的，再说都是由政府购进的，不大可能放开许可，允许一般民间人士购进，即使购进了，也不是说马上就能够印制纸币。明治七年，政府从德国东福瑙曼公司购置了一整套印刷机械，加上运费，大约是两万元，一共有四十二大件之多。当然这里面也包含了编码机、裁料机等少数与印刷没有直接关系的机械，假如把这几样东西去掉，只考虑必需的机械，将成本节约到最低限度，那也是不小的一笔资金啊。”

“民间人士的话应该负担不起的。”

“还不仅仅是这些。最重要的是印刷油墨，据《大藏省印制钞局百年史》中记载，为了开发印刷油墨，当时化学局的技术人员呕心沥血不知道吃了多少苦呢。而且这种制墨技术属于机密，即便其他的局长、部长也是绝对不可以泄露给他们知道的……可是，假钞上使用的印刷油墨其颜色和真钞的完全一样，如果对其成分进行科学分析的话，或许两者有所差异，但至少从彩色照片上看，真假钞的墨色根本不是像不像的问题，而是完全用的是同一种油墨。这样考虑下来，民间人士先雕刻了铜版印版，然后再印制假钞，简直是无法想象的。”

伊田和神冈都赞同安田的这个说法。

“这样推测下来，最后走入了死胡同，然而，假钞却是真真切切存在的，以关西地方为中心先后发现了大约两千张，我手里就有一张假钞的彩色照片。这事究竟如何解释？当推测遭到无情碰壁之后，剩下就只有不顾一切地大胆臆想了……”

“就想听您的臆想呢。”

“这个就又回到当时流传甚广的传闻上去了，也就是这个假钞，也是德国的东福瑙曼公司印制的。日本政府从东福瑙曼公司取得‘日耳曼纸币’的铜版印版是在明治九年，自那时候起，东福瑙曼公司印制日本国币的机械成了废置不用的机械，因此，如果它利用最后的机会再印制一批日本国币，是完全有可能的。”

“这样的话，假钞的底纹是由东福瑙曼公司那边用德国的彩纹雕刻机雕刻的，这个听起来倒没什么漏洞，但是，主图案中的凤凰、龙、菊花纹章还有大藏卿的朱印等，仿造得一点也不逼真，这又是怎么回事？”

“您说到点子上了。关于这点，我尝试着想过——当然也只是臆测，结果你们猜得出的是什么结论？真钞的原版铜版印版已经应日本政府要求交给了日本驻德公使了。真钞的铜版印版没了，当然又非得手忙脚乱地重新刻制不可了，但是，假定当时雕刻真钞印版的师傅恰好不在，暂代他雕刻的人只能按照日本国币的贰圆钞的样子，依样画葫芦雕刻了一副印版。底纹是用彩纹雕刻机雕出来的，所以分毫不差，但是菊花纹章、凤凰、龙、大藏卿的朱印等是手工刻制的，而且雕刻的师傅技术不到家，结果就成了假钞上你们看到的这副模样，线条粗糙不整，简直蹩脚透了。这么做还有一个原因，所以才非得急急忙忙地赶制出来不可。”

“什么原因？”

“那个下订印制假钞的人的个人原因。”

“那个下订印制假钞的人又是谁？”

安田深深吸了一口气，然后重重地吐出：“明治九年圣诞节前后，从伦敦前往柏林的元老院参议井上馨。”

听到这个名字，伊田和神冈不由得倒吸一口凉气。

“当然这些都是我的臆想。”安田说道，“井上去德国是在明治九年末，东福瑙曼公司印制日本国币的原版已经在当年年中送还给日本了。对于井上在柏林期间的行踪，《世外井上公传》中几乎是毫无记载的，及至后来世人将这一疑点与伪钞事件联系起来，风传是井上指使德国方面印制的假钞并将其悄悄运回日本由藤田组接收，这一传闻始终难以平息，对此传记中有一处提及了，说井上只是一笑置之，并无任何只言片语的解释。井上的沉默很令人奇怪，加上另一件事就更让人浮想联翩了，井上在明治三年的时候曾任大藏大丞兼造币头，正是他于大阪设立了日本最早的造币寮，因而熟知纸币印制方面的事。”

仿佛一声惊雷在头顶炸响，伊田和神冈都不作声了，安田也没有继续往下说。三个人像出席仪式一样，神情肃穆，四周则是一片静寂。

还是伊田打破了沉寂：“不管怎么说，”他说，“假钞不是长庵先生印制的，这一点应该是毫无疑问了吧？”

“没错，绝对不是长庵先生所为。”

安田的话音刚落，神冈紧接着说道：“我也是这样认为的。”

伊田语气沉重地继续说道：“不管假钞是通过什么途径印制的，反正都跟长庵先生没有一点儿关系，能得出这样的结论我很高兴。之前我就一直这样坚信，现在经过安田先生仔细的调查和科学的推断，就更加明确了，太感谢了！”伊田忍不住声音有点呜咽了，“针对长庵先生的判决书完全是一派胡言，是杜撰的，太过分了！他们说印制假钞的铜版是画师长庵先生雕刻的，可是，又是谁制的版，谁印制的，这些却只字未提，油墨是从哪里入手的也没有提及，照那个判决书推论，就好像是长庵先生一个人又雕刻了假钞的铜版印版，又制了版，又仿制了油墨，又采买了特制的纸张，然后又独自印刷了一样。还说从长庵先生家里发现了印刷机，可是是什么样的机器却又一个字没写。这么大规模的印制假钞竟然连一个同伙都没有，这怎么可能啊？我知道，这份判决书完全是无中生有的捏造，现在听了安田先生的一番话，这就更加清楚了。判决书还说，逮捕长庵先生的时候从他家里抄出了假钞，那肯定是警察带去的，这是官府常用的手段，为了捏造证据呀……我读了长庵先生上诉书中写的那段话：‘原裁判所竟对一个精神错乱者所写的胡言乱语信以为真，认定小民乃伪造国币之真犯，并判处小民无期徒刑，实在有悖理法，故恳请撤销原判决……’想到先生心中的无比悲愤，我就不由得想哭啊。精神错乱者的胡言乱语，说的应该是先生受到警视厅的严刑拷打，一度陷入精神失常的状态，所以无意识中，警察怎么说就怎么做，照着警察所说写下了所谓的供认状吧。都说战前警察的拷问怎么怎么厉害，事实上，明治初期警察的拷问和江户时代的没什么两样，简直惨不忍睹啊！您看看这个资料馆里展示的囚犯脚上锁的重重的大铁球就知道了，先生真是冤枉可怜哪！”

校长说着从椅子上站起身来，对着安田深深鞠了一躬。

“安田先生，全靠您呀，长庵先生背负的污名总算可以彻底洗刷掉了，谢谢您，谢谢您……”

“您这么说我实在不敢当，我瞎胡扯了这么多，耽误您二位的时间，实在抱歉啊！”

“哪里，安田先生说的对我太有教益了，真的要感谢您！”

神冈也在一旁连连表示谢意。

这时候，服务窗口的女工作人员轻轻走进来，略带歉意地提醒三人参观时间快要结束了，资料馆即将闭馆。

“啊，已经这么晚了？哟，可不是嘛，已经四点了。”

由于下雨的缘故，窗外，早春时节的黄昏显得格外灰暗。

伊田平太郎走近玻璃展示柜，朝着熊坂长庵绘的《观音图》合掌而拜，口中念念有词，然后凝视着《观音图》，大声说道：“先生，您这一生真是不幸啊！这一切都是由于您有一个不幸的名字——熊坂长庵的缘故，真是没天理啊！”

转过身来，伊田的视线正好对着月形洁典狱长的肖像画，他怒目而视。蒙冤的熊坂长庵死前一直被关押于此地，而手舞鞭子的典狱长月形洁，在伊田眼里无疑就是一个罪恶的魔王。

三人走出第二展示室，女工作人员在身后立即关掉了室内电灯。

伊田、安田和神冈三人依次经第一展示室朝资料馆门口走去。

周围的展示柜内陈列着的用来锁禁囚犯的铁球、镣锁，押送囚犯用的带编号的斗笠、红色囚服、手铐等，仿佛在行着注目礼目送三人离去。在这些刑具和囚服中间，还夹杂着看守长及看守穿着的缀有金线樱花章的制服和帽子、镶有镀金樱花花瓣的西洋刀刀柄以及出鞘的刀，透着森森寒气，在熄灯前的照明之下一起恣意张扬着。在这样一幅明治铜版画的世界中，三名参观者仿佛成了画中的点缀人物。

安田的视线在墙上一幅《明治二十年前后的桦户集治监》的照片上停住了。一排木造狱舍整齐地坐落在白桦林和针枞林前方，石狩川像条丝带一样从狱舍前流淌而过，河面上停泊着船只，狱舍前架有一座简陋的栈桥，囚犯们正从栈桥上卸装建筑资财。安田忽然觉得，这条河流的形状和其他地方见到过的河流很相似，不过他没有说出来。

从服务窗口前经过时，工作人员脸上挂着微笑鞠躬致意。

“哦，不好意思，耽搁你们时间了！”

校长也微笑着向他们答礼致意。看得出，他对自己起先怒气冲冲的态度感到些许歉意，同时也为难得有聊得来的人一起畅快地吐诉心中的块垒而感到满足。只不过对于馆长和町长等人终究也不肯露面，大概还稍许留有一点点的遗憾吧。

三人在行刑资料馆前互致道别，然后各自走向不同的方向。伊田打算在月形町再住一晚，神冈从岩见泽车站乘坐巴士返回札幌的酒店，安田则就近在月形车站搭乘札沼线巴士先去到旭川，再从那里换车前往泷川。三人的背影中，伊田校长满是白发的后脑勺特别显眼。

安田站在月形车站的站台上，回望着月形町。在桦户行刑资料馆里的那场长时间的对话，使得他的精神此刻仍处在一定程度的兴奋之中。很有谷仓地带特色的，山墙又高又尖、屋顶陡斜的粮库星罗棋布，看上去就好像浮在密集的住宅街之上。根据月形町的宣传图册介绍，明治二十一年，一部分监狱用地被转让给移住居民，从新潟县迎来了八十户移民，后来又先后转让过几次，使得这儿的农户大幅增加，移民数量迅速递增，明治三十九年开始实施二级町村制，目前约有一万人口。“由以往之情状可察，转让土地，准许移民自由耕作，毫无疑问恳请转让本监狱近旁之三四千町土地者必定大有人在，如此，若土著人民再有三四百户定居于此，耕作二三千町步的田圃，则即令集治监移转至别处，月形村依然可保昌盛繁荣，与北海道共同走向开明富饶。”月形村的开发和发展正如月形典狱长于明治十四年向中央政府呈报的建议书中所描述的那样。

北渐寺内仍存有明治三十九年修建的月形洁纪念碑（题字：西乡从道。碑文：宫内大臣土方久元），那是内务省监狱局御用挂准奏官月形洁率二十名公务员，包括熊坂长庵在内的重罪囚犯四十人来到此集治监二十五年之后的事情。月形洁卸任后不久，明治二十七年一月死于老家福冈县。

安田下决心要调查清楚“藤田组伪钞事件”，为此他又专程前往月形洁的出生地福冈县远贺郡上底井野村（现中间市）实地访查。当地姓月形的人家已经一户不剩，而知道月形洁这个名字的老人也统统不在了。据《桦户监狱史话》中记载，月形洁的墓地位于其父祖担任藩儒[1]时所居住的福冈市的一处寺庙内。当桦户的住民们提出想使用“月形”这个名字作为村名时，月形洁大喜，说“我死之后月形这个姓仍旧得以存续下去了”。

安田试图解开月形洁被任命为关押熊坂长庵的桦户集治监的第一任典狱长背后隐藏的深意。他想，严密监管被长州藩阀高官们视为心头大患的熊坂长庵，一直到他死为止，这或许才是月形洁所肩负的首要任务吧。长庵从狱中再次上书申诉自己无罪，或者脱狱逃跑向世人控诉自己遭遇的话，麻烦可就闹大了，毕竟世间还有许多人相信长庵并不是伪造国币的真正犯人。

月形典狱长可能知道长庵是蒙冤的。在狱中，为长庵提供纸笔和绘画道具，让他自由地创作各种图画，也许正是出于对他的遭遇的同情和怜悯，这从长庵将集治监称作“画窟”这一点上也可以略见一斑。

《明治过眼录》（大植四郎编）中记载，月形洁辞任典狱长后，明治十九年四月，他被命令返还叙位证书。为什么被命令返还叙位证书，假如这其中含有一种惩罚意味的话，月形究竟犯下了什么样的过错？安田对这一点也十分感兴趣。

1　藩儒：日本旧时专为藩主服务的儒学家。

从福冈县远贺郡上底井野村访查归来，安田乘坐的出租车在沿着远贺川的公路上一路疾驰，公路同时也是远贺川的防护堤。这一段河流的形状与之前在桦户行刑资料馆看到的照片上的石狩川十分相似。与它形状十分相似的还有一条河流，是流经神奈川县爱甲郡爱川町的，也就是旧时的熊坂村的相模川，安田前去访寻长庵旧迹的时候看到过那条河。长庵的旧居早已损毁，听人说是在现今的消防署那一带。邻近消防署有一座古旧的农家豪华屋宇，门扉上钉着大大的铆钉，好像寺院一般。这是昭和年间大川周明住过的故居。古屋内有一个白壁剥落的土墙库房，据说当年熊坂长庵就是在这个库房里伪造国币的。

每日眺望着流经桦户集治监前的石狩川，熊坂长庵想起了自己再也回不去的故乡门前的相模川，似乎也让月形洁回忆起一度忘却了家乡的远贺川。早春时节，河岸两旁长满一丛一丛的笔头草。熊坂长庵死于明治十九年四月二十九日。据当地的乡土史研究者称，长庵虽说被判了无期徒刑，不过晚年还是被释放出狱，尽管出了狱，他却无家可归，再也回不去故乡了。他晚年的情形至今无人知晓。假如他果真死于明治十九年，享年仅四十三岁。

长庵的墓地位于月形町南耕地筱津山麓的囚人墓地。墓地内共有二十二座塔形木碑，碑下埋葬着被处死以及病死或老死狱中的二十二名囚犯，其中一座木碑上刻着“俗名熊坂长庵”几个字。历经长年的风侵雪蚀，上面的碑文已经变得黑黢黢一片难以辨识了。

札比内、晚生内、佐荻、下德富……安田默念着札沼线上的一个个站名，想起了个头矮小、头发花白的原高中校长伊田平太郎，还有身材高挑、脖颈颀长、眼睛如细柳般，只知道姓名叫神冈的那位身穿深藏青色风衣的女子。车窗外，下雨前的黄昏景物令人感觉一丝丝的凉意。

- 14 -

大约过了一个月，安田收到一封厚厚的信，信封上印着京都某私立女子大学的校名。在校名旁边，写着几个钢笔字：“神冈麻子 上”。

日前在桦户行刑资料馆有幸邂逅，并和伊田平太郎先生一道聆听了先生一番极有启发的讲述，受益匪浅，令人兴味悠长，再次向您表示感谢！真是非常愉快的一天。那样内心充实的下午，对我来说是非常难得的一次机会呢。

当时心里多少有点怯意，因而不敢坦然相告。我的全名叫神冈麻子，在信封上所写的这所大学里担任助教，教的专业是中世纪史。在资料馆拜受了您的名片，我却没有主动做自我介绍，实在是失礼，万望先生见谅！

其实在那之前的三天，我从京都前往札幌出席一个学会的学术活动，活动结束后的第二天一早便去到月形町，参观那里的行刑资料馆。中世纪史与桦户集治监本来并无任何关联，只不过我个人一直对它怀有兴趣，这种兴趣和我后面要说的事情有着分割不断的关系。

我从心底里钦佩您对“藤田组伪钞事件”所做的周详调查，同时，对于您在将这些调查资料归纳综合的基础之上提出自己的独到推断也极为信服，以至被您的讲述深深吸引，不知不觉差一点忘记了闭馆时间。

伪钞事件的真正犯人不是熊坂长庵先生，这一点应该已经毋庸置疑了。伊田先生为家乡先贤长庵先生蒙冤而悲愤慷慨，也是理所当然的。毫无疑问，长庵先生是“西南战争”之后萨摩与长州两大藩阀权力斗争的牺牲品，不幸遭到逮捕并被判刑，那完全是一场政治审判游戏。

至于伪造“日耳曼纸币”贰圆钞的犯人或者犯罪集团究竟是谁，您当时并没有明确指出，经过了如许漫长的岁月，恐怕已经无法探究出一个真相来了。如果像尾佐竹猛先生所著的《明治秘史·疑狱难狱》那样完全依照判决书而断定犯人就是熊坂长庵，事情当然就变得简单了，然而正如您所指出的，尾佐竹猛先生的逻辑推断实在拙劣得不行。

在这里，我只是想把我自己对此事件的看法，以及听了您的讲述之后再次深入思考后的感想，以既知的事实为依据，简略笔述如下，并一一列出问题要点，以便更加突出焦点。

①关于纸币上的几何图形底纹，由于当时民间不拥有彩纹雕刻机这一类设备，因而贰圆面值的假钞不是民间人所伪造。

关于这一点，我赞同您的见解。尽管得能良介纸币头在上奏文中就已经指出过，鉴于国币的致密底纹极其规则，很容易被人仿造（见《得能良介君传》），但看了假钞上的纹样，无论如何都无法叫人相信这是仿造出来的，虽然线条略显枯涩，但明显是用同一型号的彩纹雕刻机雕出来的铜版印版印制而成的。

鉴于这一点，假钞是早先印制日本国币的德国东福瑙曼印刷公司在明治九年将纸币原版送还日本政府，终止了代日本政府印钞的业务之后，经另一个新的特殊的雇主下订，又重新雕刻了铜版印版后匆匆印制的这一推论完全说得通。这样一来，因为该公司拥有同一型号的雕刻机械，所以雕得出完全同样的纹样用于假钞上，假钞上的底纹绝对不是仿造的。

②尽管如此，但是手工雕刻的部分十分粗陋。

这是因为，真钞的铜版雕刻师与假钞的铜版师不是同一人，所以才会出现这样的情况。由于下订很急，为了赶时间，其他雕版师仿照真钞的图案匆匆雕刻，于是便产生了这样粗制滥造的结果。我非常佩服您的敏锐推断。相对于底纹的精巧致密，手工雕刻部分的图案（菊花纹章、凤凰、龙、大藏卿的朱银、“出納頭”及“記錄頭”的骑缝印）明显粗糙，这种反差完全可以用您的推论加以解释通。

③假钞的下订者是因私前往德国的井上馨。

这个大胆的推论令人稍感震惊，不过早在当时世人中间就已经有这样的传闻了。由于《世外井上公传》中对于他在德国期间的行踪丝毫没有提及便引出这样的猜测，当然不无失礼之嫌，然而正是这一空白或许给人以莫大的启迪，这也给我上了一课，原来这就是所谓历史的洞察力啊。

④关于印刷油墨。

铜版印版姑且不提，但假如没有印刷油墨仍然不可能印制出假钞来。明治九年，日本的纸币寮才开始印制纸币，通过各种化学分析、苦心研究，最终开发研制出纸币专用的印刷油墨，并且被当作最高机密保管，这些在《大藏省印钞局百年史》中都有详细记载。假钞的色彩与真钞的色彩毫无二致，墨色浓淡也完全一致，唯一的不同就是双色印刷的底纹部分，假钞的彩纹颜色较真钞略淡，这个可以认为是一种化学现象，是自然褪色。淡青色不耐光，容易褪色。真钞的彩纹底色也为淡青色，却依然保持不变，可见真钞与假钞的油墨的化学成分有所不同。但即便如此，当时民间市场上没有与真钞颜色相近的印刷油墨，而伪造犯人自己秘密仿制出这种印刷油墨也几乎是不可能的。

⑤关于贰圆假钞只发现于以近畿地方为中心的各府、县向中央大藏省出纳局送缴的税金现金中。

关于这一点，当时您并没有特别论及，但是就我而言，这个现象却好像怎么也拂不去，一直耿耿于怀。

想必您也知道，从明治六年起，全国各府县向大藏省上缴租税采用两种方法：一种是同三井组、小野组、岛田组的各地分店联络，由后者出具汇票，然后将汇票缴至第一国立银行，再由大藏省接收汇票；另一种则是现金汇缴的形式，两种方法并行使用。但现金送缴须送至东京，人马劳顿，加上警备等，存在诸多不便，于是汇票上缴的方法渐渐成为主要方法，现金送缴仅限于很少场合使用（参见《明治财政史》等多种专著）。

贰圆假钞在各府县的流通情况判明，大藏省出纳局局长向警视厅秘密报告并引发川路大警视立案调查以及假钞数量之少，合计仅仅两千余枚，这些都印证了假钞只出现于租税的现金送缴环节中。

我觉得问题的关键即在于此。市场流通环节中假钞一枚都没有被发现，商店柜面的交易款中、商户之间的现金支付中都没有，所有假钞都出现于大藏省出纳局接收的送缴租税现金中。假钞纸质粗陋，手感有异，底色稍淡，仔细看的话还可以发现凤凰以及龙的线条比较粗。真钞线条浓密，墨色重，接近黑色，菊花纹章的放射形线条稍有歪斜等，在流通过程中只要稍加留意就一定会有人发现的，可事实上却没有一个人报告过发现假钞。

以上事实是否说明，贰圆假钞从一开始就没有在民间流通过？也就是说，一个非常大的可能就是所有假钞都混入了各地向大藏省出纳局送缴的租税现金中。

⑥关于石版印版印制假钞以鉴别真伪。

关于这一点，值得关注的是，前面提到的《大藏省印钞局百年史》中讲到用石版印版印制假钞的事情。记得当时您也讲到这个事情，后来我又读了原文中的相关记述，它是这样说的："纸币寮下设的石版部门，原是为了作为一个'假想敌'临摹铜版印版制成纸币赝品，并以此与雕刻部门、制墨部门以及印刷部门等共同探讨、研究，从而找出合理的防伪方法而设立的。"

然而，正像观看假钞的彩色照片时您一针见血指出的那样，据称是从缴税现金中发现的贰圆假钞并不是采用石版印制的。您说得一点也没错，如果是石版印制的话，票面的图案一定会呈现出非常鲜明的印刷效果，不可能出现假钞上那种模糊的效果，而且线条和墨色也比较饱满。

于是我在想，既然纸币寮为研究防伪技术而采用石版印版印制纸币，会不会也雕刻一套铜版印版仿制出贰圆面值的“日耳曼纸币”，并用这个锻炼纸币寮的员工进一步提高其鉴别真伪的能力？此时，只要将从德国东福瑙曼公司送返的原版彩纹依样画葫芦再复制一套铜版就行了，和机械雕刻的效果应该是一样的。将铜版由凹版转成凸版本，或者反过来将凸版转成凹版的方法，在前面提到的《大藏省印钞局百年史》的第三章“采用电铸法将铜版逆版化”的技法说明中有所提及。这种逆版化的重复操作也是可能的。

这样的话，伪造国币用的铜版可以使用雕刻机雕出彩纹，彩纹分为票面正面的淡青色底纹和主图案为蓝色几何纹样两副印版，这样就可以进行双色印刷了。剩下是手工雕刻的部分。因为事先已用防蚀剂涂布，因此这些地方是空白的，运用上面讲到的逆版方法雕刻出彩纹，再将防蚀剂洗去，然后整面涂布防蚀剂，最后用雕刻针雕刻出菊花纹章、凤凰、双龙等主要图案，蓝版印版便刻制完成了。

接着再雕刻“明治通宝”的红版印版，再接下来雕刻“出納頭”骑缝印的下半部分，这些都是用手工雕刻的。如此，印制贰圆假钞正面所需的四种颜色的四副印版全部完成了。

票面背面的淡褐色底纹即使难以断定，但是票面的所有褐色应该全部都是仿刻的，虽然和真钞上的几何纹样十分接近，但还是略显粗糙，假如这部分也运用逆版技术将原版的彩纹全部复制下来的话，至少单单从背面来看，要想鉴别真钞假钞就变得非常困难了。手工雕刻出“大日本帝国政府大藏卿”圆形印的红版印版、“記錄頭”骑缝印下半部分的蓝版印版、い、ろ、は等分组编号以及一连串阿拉伯数字组成的深蓝色版印版，五色印刷的印版便告全部完成。

在此我想特别指出的是，手工雕刻的部分应该是故意刻得稍微粗一些的，而这正是鉴别真钞、假钞的要点。菊花纹章、凤凰、双龙是如此，大藏卿圆形印中间的蔓藤式图案之所以稍稍显粗，以及两旁的菊花的边缘稍显浅淡，骑缝印中的文字略微歪斜等，我认为也都是出于这样的考虑，甚至褪色的印刷油墨也是同样的原因。假如这些细处全都做得和真钞一模一样的话，那真钞、假钞可就极其难以鉴别了，恐怕非得拿显微镜来对比才能辨识吧。通过肉眼即可鉴别出真伪，这才是练习之要点。

一开始用来仿制伪钞的石版印版，后来用于印刷美术作品了，这恐怕也是由于假钞印制有了更加精致的铜版印版的缘故吧，所以才功成身退了。

无论是制版，还是印刷，我都一点也不熟悉，所以，以上所论谬误也许在所难免，但是整体来讲，我自认为八九不离十。

行文至此，我究竟想表达什么想必您已经十分清楚了。没错，我的结论就是，两千枚贰圆假钞，是纸币寮为防范国币被人伪造而专门印制出来借以锻炼鉴别真伪技能的仿造品，不知什么缘故却混入了向大藏省出纳局送缴的现金租税中。

这样的推测，完全可以将前面列举的①②④⑤各个疑问解释清楚，尤其是，大藏省出纳局局长将“发现”假钞向川路大警视做“通报”一事，非常引人深思。由此，您关于假钞是井上馨在德国下的订，之所以会有这样的大胆推测，是从这位公爵大人的传记中得到的启示，对此我只能深表感佩，但是很遗憾，我无法赞同您的这一推测。

假钞在其他县送缴的税金中也有发现，而照当局的说法，是从神奈川县流入他县的，其实这一点正好露骨地暴露出当局的意图，即将伪造国币的“犯人”锁定为神奈川县爱甲郡中津村（旧熊坂村）的熊坂长庵。

关于伪钞事件，我的推测仅围绕假钞本身大致如上所述。至于萨摩藩阀与长州藩阀之间明争暗斗，利用伪钞事件作为权斗工具，我想您和伊田先生的见解肯定是切中肯綮的，不过这已经不是我的研究领域了。

最后我想补充一句，我一位祖上四代的女性亲戚，正是您当时提到的明治七年被录用为专门监督管理纸币寮女工的“目付”宫尾梅子，也就是在那前一年，即明治六年，因福冈县农民暴乱而殉职的纸币寮少属宫尾矫的遗孀。我之前也读过《得能良介君传》，因此在行刑资料馆听您讲述那些往事，感到格外亲切。

为了不使您产生误解，我还想申明一点，以上我的“推理”只是我个人的凭空臆想，既不代表宫尾梅子所言，也不代表她的后世子孙所言。我只不过偶然听亲戚中有人说宫尾梅子曾经受到过得能纸币头（后升任局长）的亲切关怀，对他深表致谢，至于得能纸币局局长是否与明治十二三年前后爆发的“伪钞事件”有关系，则不是我所能知道的事情了。

在桦户行刑资料馆的半日至今令我难以忘怀，以至于拉拉杂杂给您写下如此冗长的信。最后谨祝您健康并创作顺利！

神冈麻子 敬上

图书在版编目（CIP）数据

疑点 /（日）松本清张著；陆求实译．— 北京：北京联合出版公司，2019.3
ISBN 978-7-5596-2884-8

Ⅰ．①疑… Ⅱ．①松… ②陆… Ⅲ．①推理小说 – 日本 – 现代 Ⅳ．① I313.45

中国版本图书馆 CIP 数据核字（2019）第 003059 号

著作权合同登记 图字：01–2018–8728

疑点
作　　者：〔日〕松本清张
译　　者：陆求实
责任编辑：史　媛
特约监制：赵　菁　杜　思
装帧设计：42 Studio

北京联合出版公司出版
（北京市西城区德外大街 83 号楼 9 层 100088）
北京嘉业印刷厂印刷　新华书店经销
字数 144 千字　880 毫米 × 1230 毫米　1/32　7 印张
2019 年 3 月第 1 版　2019 年 3 月第 1 次印刷
ISBN 978-7-5596-2884-8
定价：39.80 元